車

文庫書下ろし／連作時代小説

白い霧

渡り用人 片桐弦一郎控

藤原緋沙子

光 文 社

この作品は光文社文庫のために書下ろされました。

目次

白い霧——〈渡り用人　片桐弦一郎控〉

第一話　雨のあと

一

片桐弦一郎《かたぎりげんいちろう》は、筆耕の本を油紙に包むと懐に入れ、通油町《とおりあぶらちょう》の古本屋『大和屋《やまと》』を出た。

店を出た途端、視界には雨に煙る町の姿が飛び込んできた。降っては止み、止んでは降り、そんな状態が数日続いている。

行き交う人の姿もまばらで、しかも足早に通り過ぎて行く。

町の彩《いろど》りは雨に流されたように色を失い、まるで薄墨色の墨絵の世界を見るようである。

「ふむ……」

弦一郎は持参していた傘を軒の下で開いた。微《かす》かに周りの空気が動いて、冷気が一瞬弦一郎の体を撫《な》でるようにして過ぎた。

六月だというのに肌寒い。長雨で大地が冷え切っている。少し風もあるようだった。

傘を打つ雨の音を聞きながら、弦一郎は黙々と北に向かった。

弦一郎の住まいは、神田《かんだ》川の北方、藤堂和泉守《とうどういずみのかみ》の上屋敷の西側にある、神田松永《まつなが》町の裏店《うらだな》である。

待っている人がいる訳ではない。なけなしの着物の裾《すそ》に泥を跳ね上げないようにゆっくりと歩いた。

――こんな日は、家の中でじっとしていたいものだ。

弦一郎は心の中で独りごちた。

独りごちてみたものの、それが叶《かな》わぬ望みであることは承知している。

雨が降ろうが、風が吹こうが、こうして大和屋に縁を切られないように仕事を貰《もら》い、こなしていくことで唯一命を繫《つな》いでいる。並の人間の贅沢《ぜいたく》が許される身分ではなかった。

――それにしても、この世の中、何が起こるかわからぬものだ。

弦一郎は浪人になって一年になる。

青天の霹靂《へきれき》、まさか自分が浪人になるなどと考えてもみなかった。

それがどうだ。

何の因果か、天は容赦なく弦一郎を見放したようである。

お陰で弦一郎は、大和屋の筆耕の仕事を手に入れて落ち着くまで、職を求めて右往左往して来たのであった。

むろん仕官を望んでのことではあったが、そんな旨《うま》い話は夢のまた夢、過去の経歴も努力も役に立たないと悟るまで、一年という月日が弦一郎には必要だった。

――なるようにしかならぬわ。

ふと頭をもたげた煩悩《ぼんのう》を、胸の中に再び封じ込めることが出来たのは、和泉《いずみ》橋に足をかけた頃だった。

雨は小降りになっていた。

橋の上は、煙るような霧に覆われていた。

――やっ。

弦一郎は橋の向こう、北袂《たもと》に、雨傘もささずに転げるように走って来た町人の姿をとらえていた。

その町人を追いかけて、三人の武士が走って来た。武士たちは雨傘をさしていた。

いずれも霧の中から突然現れたように見えた。

町人は橋袂までたどり着くと、足をとられて横転した。

追いかけて来た武士の雨傘が、町人を扇形に取り囲んだ。

「お助け下さいませ。後生でございます」

町人は雨に打たれながら、泥の路上に手をついて許しを乞《こ》うている。

武士の一人が雨傘を手から放した。ふあっと雨傘は宙を舞い、傍らに天に腹を見せて落ちた。

「それへ直れ」

武士は大刀を抜き放つと、その切っ先を町人の面前に突きつけた。

「お許し下さいませ」

町人はぬかるみの上に突っ伏した。

「無礼者め、許せぬ」

武士は躊躇《ちゅうちょ》することなく、町人の頭上に刃を振り上げた。

「待て」

弦一郎は傘を畳みながら橋袂に走った。

間一髪、畳んだ傘で、武士が振り下ろしてきた剣を跳ね返した。

バサッ。

骨の折れる乾いた音を立てて傘は真っ二つに割れ、その残骸が弦一郎の手に残った。

「この者は謝っているではないか」

弦一郎は町人を庇《かば》うようにして立った。

見れば、武士はいずれもまだ年若い。

抜刀している武士は青白い顔をした神経質そうな男だった。

後の二人は……とみると、一人は浅黒い顔に厚い唇が目立つ武士で、もう一人は、切れ長の目をした武士だった。

察するに、抜刀している青白い顔の武士が一つ二つ年上で、他の二人を従えているようである。

「邪魔をするな」

青白い顔の武士が抜き身を握り直して、吠《ほ》えるように叫んだ。

「むやみに町人を斬っていい法はないぞ」

弦一郎は青白い武士を睨み返した。

「うるさい。手出しは無用だ、この者は無礼打ちだ」

「命を取るほどの無礼をはたらいたというのか」

「雨傘のしずくを俺にかけた」

「何、雨傘のしずくをかけた、それで無礼打ちだと……」

弦一郎は手を合わせて震えている町人の顔を見た。

「す、擦れ違った時に、私の傘のしずくが飛んだとおっしゃるのですが、わざとではございません。私も気づかなかったのです」

町人は叫ぶように言った。こちらもまだ若い奉公人だった。

「この雨だ。許してやれ」

弦一郎が青白い顔の武士に向き直った時、武士が弦一郎めがけて大刀を振り下ろしてきた。

「恥を知れ」

弦一郎は手にしていた傘の残骸の尖った先端を、武士の顔目がけて投げた。

武士はこれを身を捻《ひね》るようにして、かろうじて避けた。その一瞬に弦一郎は武士の懐に飛び込んでいた。

同時に、したたかに青白い顔の武士の鳩尾《みぞおち》を打っていた。

「うっ」

青白い武士は蹲《うずくま》った。

「この者を斬りたければ、俺を斬ってからにしろ」

弦一郎は、顔をゆがめている武士に頭ごなしに言うと、他の二人をきっと見据えた。

二人の武士も雨傘を捨て、その手は腰の柄《つか》に添えていた。

呼吸にして二つか三つ、弦一郎と二人の武士は微動だにせず、互いに相手の動きを探った。

霧の中に緊張が走った。

浅黒い顔の武士が、その緊張に抗しきれずに、蹲って身じろぎも出来ずにいる武士に叫んだ。

「関根さん、どうする……」

「そうか、おぬしは関根というのか」

弦一郎はにやりと笑って、蹲っている武士を見遣《みや》った。

「お、覚えておけ」

関根と呼ばれた蹲っていた男は怯《おび》えた声を発すると、一間ほど這《は》いずるようにして弦一郎から逃れると、そこでようやく立ち上がって、転げるように逃げ去った。

後の武士二人も、関根の後を追って我先にと走り去った。

「あ、ありがとうございます。い、命拾いを致しました」

町人は泥の中に座ったまま、弦一郎を見上げて礼を述べた。

「立てるか」

「は、はい」

町人は頷《うなず》いた。だが、膝《ひざ》を立てようとするが足は空を踏み、力が入らないようである。腰が抜けたらしい。

弦一郎は、町人の後にまわると、その腰に活を入れた。

「立って見ろ」

「は、はい」

弦一郎に促されて町人は恐る恐る立った。立つには立てたが、膝がまだがくがくして、歩くとふらつきがあった。

「よし、送って行こう。俺の肩につかまれ」

弦一郎は、町人の腕をつかんで肩を寄せた。

「しかし、お武家さまのお着物が汚れます」

「構わぬ。それにまたあの連中が戻って来るやも知れぬぞ」

弦一郎は、三人の武士が去った方角にちらと視線を走らせると、町人に顔を戻して促した。

町人は神田鍋町《なべまち》にある履き物問屋『浜田屋《はまだ》』の手代で、房吉《ふさきち》という男だった。

弦一郎は、恐縮する房吉の手を自分の腕につかませると、和泉橋を再び渡って浜田屋の店まで送り届けた。

雨は止んでいて幸いだったが、足のもつれる房吉を支えての歩行は難儀であった。

浜田屋の主は懇《ねんご》ろに弦一郎に礼を述べ、是非上にあがって欲しいと頭を下げたが、弦一郎は断った。

行きずりの出来事、しかも当然のことをしたまでだと、弦一郎は浜田屋が懐紙に包んで差し出した礼金も押し返した。

すると主は、それでは人として礼を失しますと言い、店の棚にあった草履《ぞうり》と下駄《げた》を素早く包むと、弦一郎の胸に押しつけるようにして手渡したのである。

「せめてこれだけは……」

などと言う。

弦一郎は主の好意を慮《おもんぱか》ってこれを受け取った。

そんなこんなで、店を辞して長屋に戻ったのは七ツ（午後四時頃）を過ぎていた。

予期せぬ出来事に遭遇し、思いの外《ほか》手間取ったようである。

――はて、米は……。

長屋の軒下に立つと同時に、弦一郎は米櫃《こめびつ》が気になった。急いで戸を開けると、

「あら、お帰りでございます」

女のしなやかな声が弦一郎を迎えた。

――しまった、家を間違えたか。

慌てて土間に入れた足をひっこめ、戸を閉めようとすると、

「弦一郎様、ゆきでございます」

藤鼠《ふじねず》色の着物を着た女が、上がり框《かまち》まで走り出てきた。

「これはおゆきどの」

弦一郎は、上がり框に座して出迎えてくれたおゆきに苦笑した。早とちりした狼狽《ろうばい》が我ながらおかしかった。

座敷にはおゆきが連れて来たのか、初老の男が座っていて、腰を浮かせて弦一郎に会釈を送ってきた。

きょとんとしている弦一郎をみて、おゆきは袖《そで》で口元を押さえてくつくつと笑った。

おゆきの所作は、ひとつひとつがなまめかしい。黒目がちの目と、しっとりとした唇が弦一郎を笑いながら見上げていた。家の中が一瞬にして甘い芳香に包まれている

ような、弦一郎はそんな錯覚に囚われた。

「ごめんなさいね、勝手に上がり込んで……」

おゆきは言った。おゆきは、材木問屋『武蔵《むさし》屋』の主、利兵衛《りへえ》の一人娘である。

武蔵屋はこの辺り一帯の地主家持ちで、弦一郎が住むこの長屋も武蔵屋の持ち物だった。

しかもその武蔵屋は、この長屋がある表通りに店を構えていて、藍色の暖簾《のれん》が悠然と翻っている。たった今も、弦一郎はその暖簾をちらと見て、長屋の木戸をくぐって来たところであった。

おゆきは、一度嫁《か》したが離縁となり、昨年の暮れに武蔵屋に戻って来た出戻りだった。

店はおゆきの兄の幸太郎《こうたろう》が利兵衛を手伝っていて、おゆきは、父と兄の庇護《ひご》のもとで、静かに昔の暮らしを取り戻したようである。

ただ、長屋の連中に言わせれば、娘時代の屈託のない明るさは見られなくなったという。大店の娘とはいえ、やはり世間の目を気にしているようだった。

しかし弦一郎は、嫁入り前のおゆきの姿など知るよしもない。

弦一郎の目におゆきは、豪商の娘を鼻にかけるでもなく、黙々と今は亡き母親に代わって家の中を仕切り、長屋の中にも気楽に出入りするきさくな女として映っていた。

そのおゆきが、弦一郎の家の上がり框に膝をついて出迎えてくれたのである。ただごとではないなと見返すと、

「弦一郎様、こちらは金之助《きんのすけ》さんとおっしゃるお方で、お武家のお屋敷に人入れをなさっている『万年屋《まんねん》』のご主人です。弦一郎様にお会いしたいとおっしゃって、うちのお店にお出《い》でになったものですから、それで私がこちらにご案内して参りまして、弦一郎様のお帰りをお待ちしておりました」

おゆきは、座敷で腰を浮かせてた初老の男に視線を向けた。

「お初にお目にかかります」

万年屋金之助という男は、すぐに立っておゆきの側まで来て座ると、

「私の店は本石町《ほんごくちょう》にございますが、今日お訪ねしたのは他でもありません。是非、私どもの仕事をお引き受け願えないものかと……それで押しかけて参りました」

弦一郎の前に手をついた。

家の主が客人のように土間に立ち、客が座敷から挨拶《あいさつ》するという妙な対面が、弦一郎にはおかしかった。

「しかし万年屋、どうして俺のところに来た。この御府内には俺より役に立ちそうな

浪人はいくらでもいるぞ」

　大刀を腰から抜いて上にあがった。

　座敷の文机《ふづくえ》の前に座って、懐から油紙に包んだ筆耕の仕事を出して机の上に置いた。浜田屋で貰った履き物の包みも机の下につっこむと、その膝を金之助に向けた。

「この仕事、あなた様をおいて他にはございません」

　万年屋の金之助は、弦一郎の尻を追っかけるようにして元の座に座ると、にこにこして言った。

「このたび、私どもが依頼を受けましたのは、旗本五百石の御用人でございまして」

「旗本の用人とな……」

「はい。若党や中間《ちゅうげん》ならどなたにでもお願い出来ますが、御用人となりますとね。それも五百石ともなれば、身元も経歴もしっかりしていませんと、こちらも誰でも彼でもお願い出来るというものではございません」

「しかし、近頃は渡り用人とか申す者がいると聞いているぞ」

「いいえ、あなた様がおっしゃる渡り用人では駄目ですね。今度のご依頼は世間体を取り繕うための頭数合わせなどではございません。限られた間とはいえ、家政も仕切って貰いたいというのが先方のご希望です」

「………」

「本来ならばこういう場合は一生奉公の家士《かし》として迎えるのが筋ですが、事情があってそれが出来かねると申しておりまして……」

「ふーむ。しかし、期限を切っての話となれば、渡り用人には変わりないな」

弦一郎は腕を組んで金之助を見た。改めて見てみると、金之助は馬面《うまづら》だった。金之助は大きな鼻を、ひくひくさせて話を継いだ。

「いいえ、今度の場合は先程も申しましたが、お家の苦境を乗り切るために一つの道筋を作っていただくという責任のある仕事です」

「ちょっと待った。そんな重大な勤めならば、他を当たってくれ」

「いいえ、あなた様ならそれがお出来になる。あなた様は一年前まで安芸津《あきつ》藩五万石の御留守居役見習いでいらっしゃいましたからね」

金之助は、すらりと弦一郎の過去を語った。

「万年屋、なぜそんなことを知っている。誰に俺の昔を聞いた」

弦一郎は驚いて聞き返した。昔のことは長屋に入る折に大家には話してある。だが、長屋の連中に漏らしたことはなかった。

まさかとは思ったが、弦一郎は膝に手を置いて見守っているおゆきをちらと見た。

おゆきなら、大家から話を聞くことは可能である。

だが、万年屋金之助は、

「蛇《じゃ》の道は蛇《へび》でございますよ。いずこの御家が改易《かいえき》になられたか、その後ご家来衆はどのようになさっておられるのか……そういうお武家の消息ばかりを集めているお方もおります。事実あなた様の昔も、その方に教えて頂きました。ただ、こちらにお住まいというのはなかなか調べるのが大変でございましたが……いかがでございますか、お引き受け頂けないでしょうか」

金之助は、弦一郎の顔を覗《のぞ》くように膝を寄せてきた。

「万年屋、せっかくの話だが、俺はこの通り、近頃筆耕の仕事をようやく見つけたところだ」

弦一郎は、文机の上の油紙の包みをちらと見て、

「そなたの仕事を引き受ければ、こちらは断らねばならぬ。それにこの長屋もずっと留守には出来兼ねる」

弦一郎は、やんわりと断った。

仕官の話ならば言うことはない。だが、期限を切っての勤めとなると、今の住まいも出て、ようやく手に入れた筆耕の仕事も手放さねばならぬ。

弦一郎は当てどのない暮らしに、一つの目処《めど》を得てひと安心したところであった。

「ご懸念はよくわかります。いや、通常御用人ともなればお屋敷に起居してお勤めなさいますが、このたびは期限を切ってのお勤めですから……それに、ここだけの話でございますが、先方も台所事情が苦しいようでございますから、通いで結構だと、そう申しておいでででございまして……」

「なに、通いでよいのか」

「はい、通いならば、先方も食事の心配は昼食だけでよろしい訳ですから、経費節約の折、助かると申しております。ですから、お住まいはこのまま、ここに住んで頂いて、お屋敷には通って頂くということでいかがでしょうか」

「さようか……」

弦一郎の心が動いた。臨時とはいえ用人のお勤めである。それに、弦一郎には武家の暮らしを懐かしむ思いが絶ちがたく残っていた。

——しかし……。

決めかねている弦一郎の表情を素早く読み取った金之助は、

「はい。ですからご帰宅後に筆耕の仕事も可能かと存じますが……」

目に笑みを湛《たた》えてじっと見た。

「弦一郎様、私からもお願いします」

突然側からそう言ったのは、ずっと静かに黙って聞いていたおゆきだった。

「実は、万年屋さんとは、随分古い昔から武蔵屋は懇意の仲でございまして」

「すると、このことは利兵衛も知っておるのか」

「はい……お差し支えなければ、このお話だけでも受けてあげていただけないでしょうか。万年屋さんも今度のこのお仕事は弦一郎様をおいて他にないとおっしゃっていることですから……」

──なるほど、万年屋と武蔵屋は懇意の仲か……。

おゆきがここに案内して来た訳だ。弦一郎の帰りを待っていたのもそういうことだったのか……。

「うむ」

弦一郎の住む長屋は、武蔵屋の持ち物である。断るに断れないなと思った。

弦一郎は覚悟を決めた。組んでいた腕を解くと、

「して、手当は如何《いか》ほどだ」

金之助を見返した。つい本音が出た。浪人して以来の常套句《じようとうく》が情けない。

「お引き受け頂けますか。それはありがたい」

金之助はほっとした表情を見せ、

「お手当でございますが、三月《みつき》で三両とお聞きしております」

弦一郎の顔を窺った。

「三月で三両か……」

話の向こうに仕事の難儀が見え隠れしている割には、決して良い条件ではないなと思った。

すると金之助は、弦一郎の心の動きを察知したようにつけ加えた。

「ただし、お勤めの内容によっては、その倍は頂けましょう」

「ずいぶんと手当の額に幅があるではないか……」

弦一郎は訝《いぶか》しい目を向けた。とは言うものの、三両の倍といえば六両である。今の弦一郎には魅力だった。

筆耕で一両の金を得ようとすれば、仕事の内容や、やりようにもよるが、二月はかかるやもしれぬ。

「いえ、決してご心配なさるような、いかがわしいお勤めという訳ではないと存じます。仔細《しさい》は先方のお屋敷でお聞き頂くことになっておりますが、万が一、お話をお聞きになってお気に召さないようでございましたら、この話、その場で断って下さって結構でございます」

「わかった。そこまで言うのなら引き受けよう」

「ありがとうございます。おゆきさんと長い時間お待ちしていた甲斐《かい》がございました」

おゆきとちらと見合わせた金之助は、安堵《あんど》の表情を見せた。

二

万年屋の金之助から聞いた屋敷は、江戸川にかかる立慶橋近くにあるという旗本内藤孫太夫《ないとうまごだゆう》の屋敷だった。

このあたりは、どちらを向いても武家屋敷ばかりである。町人街のように物売りの店がある訳でもなく、人通りも少ない。閑散《かんさん》としていた。

だが、どの屋敷からも緑に彩られた木々が塀の上から覗いている。四季の移り変わりを間近に見渡せる武家の暮らしは、町場の裏店住まいには望めぬ贅沢である。

弦一郎がそんなことを改めて感じるようになったのは、やはり浪人になってからのことである。

弦一郎は立慶橋の西袂に降りると、塀から覗く木々の緑を楽しみながら、河岸通りを北に向かった。内藤家は川沿いにあると金之助から聞いていたからである。

果たして、内藤の屋敷はすぐに見つかった。

それというのも、屋敷の門前で鉦《かね》太鼓を叩きながら、「内藤様に申し上げます」などと、屋敷の中に向かって声を張り上げている異様な女を見たからである。

女は五十がらみの町人だった。

首に鉦太鼓をつるし、背中には『借金返せ』と墨書した大きな紙を背負い、門の中に向かって怒鳴っていた。

「やい、やいやい。御旗本五百石が泣くんじゃござんせんか。借金を踏み倒していいんですかい。内藤孫太夫様、それでも御旗本と言えるんでございましょうか……」

女は調子をとって叫び、鉦太鼓を激しく叩く。

「ご近所の皆々様、殿様も奥様も、御家中の皆々様も、耳をかっぽじって、よおくお聞き下さいませ。こちらの内藤様は、浅草寺《せんそうじ》前の茶屋に五両と二分、本所《ほんじょ》の小料理屋に六両、本石町の金貸し亀屋に十五両、他にも大きいの小さいの、多額の借金をしてござる。そこで青茶婆《あおちゃばば》のお出ましだ」

女はそこでまた激しく鉦太鼓を叩きながら、くるりと回ると、さあみてくれと言わんばかりに背中の紙の文句を誇示して見せた。

世に青茶婆と呼ばれている借金の取り立て屋であった。

——えらいところに来たものだ。

ほんのいっとき、呆気《あっけ》にとられて見ていると、屋敷の中から中間二人が飛び出して来た。

「婆さん、痛い目に遭わないうちに帰りな」

中間二人は、女を挟み込むようにして立った。

「なに言ってんだい。御奉行所に、これこれしかじかと、申し立ててもいいんだね」

「婆さん、乱暴なこと言ってもらっちゃあ困るぜ。殿様はそんな借金は知らぬと申されておる」

「知らぬことがあるものか。若殿様に聞けばわかるよ。だいたい人に金を借りて知らんぷりはないだろう……あたしが間違ってると言うのかい。違うだろ。間違ってるのは、こちらのお屋敷の人さね」

「とにかく今日は帰ってくれ」

「やだね。たとえ一両でも貰わないうちには帰るものか。女だと思って馬鹿にするんじゃないよ。それに言っとくけど、あたしゃまだ婆さんじゃないよ」

女は歯を剝《む》いてつっかかった。

「ここまで言ってもわからねえようなら……少し痛い目に遭うといいぜ」

中間の一人が、女の腕を鷲づかみにした。

「待ちなさい」

弦一郎は、ゆっくりと歩み寄った。

「女、お前の用件はこの屋敷の者たちにも十分にわかった筈《はず》だ。今日のところは勘弁してやってくれぬか」

「ふん、他人様がしゃしゃり出る場合じゃないね。それともなにかい、駄賃でも出そうってんなら話は別だ。旦那の言う通り今日のところは引き上げてやるさ」

女は、にやりとして片目をつむった。

「うむ」

弦一郎は渋々一朱金を女の掌に載せてやった。

「ちっ、しけてやがる」

女は巾着に一朱金を落とし込むと、

「また来るよ……ただし、今度来た時には、耳を揃《そろ》えて払って貰うから」

女は塀の中に捨て台詞《ぜりふ》を残して去った。

きょとんとして女を見送った中間に、弦一郎は万年屋の斡旋《あっせん》でやって来た者だと名を告げた。すると中間はすぐに屋敷の中に案内し、若党の増川三平《ますかわさんぺい》という男に弦一郎の来訪を告げた。

「暫時お待ちを」

若党は弦一郎を、庭の手前には白い砂利を敷き、その向こうに見事な前栽《せんざい》をあしらった座敷に案内した。

この部屋に案内されながら、弦一郎がざっと見たところ、屋敷地は優に六百坪はありそうだった。

渡り廊下は広い中庭を囲むように、コの字型につけてある。つまりこの屋敷は、コの字型に表の座敷、殿様の居住区、奥方の居住区と仕切られているのであった。

それぞれの部屋にはまた別の、その部屋だけの庭が中庭側とは反対につくられていて、今弦一郎が見ている庭もその一つで、部屋はどうやら客間のようだった。

旗本も五百石ともなれば、旗本としての威厳を保つように、住まいにも贅と工夫がこらしてある。

弦一郎が通された座敷に着座するとすぐに、

「殿は病に伏せっておられます。片桐殿には奥様がお会いになられます」

増川という若党はそう言ってひっこんだが、まもなく、奥女中二人を従えた内藤の妻が、長い着物の裾を引いて入って来た。

弦一郎は頭を下げたまま、裾を捌《さば》いて弦一郎の前を過ぎ、着座する奥方の白い足を目で追っていた。

「内藤の妻、世津《せつ》です」

内藤の妻は、着座すると静かに言った。

「はっ」

弦一郎は顔をあげた。

色の白い、切れ長の目をした女が、静かに弦一郎が顔をあげるのを待っていた。

表で青茶婆が怒鳴っていたのを知ってか知らずか、奥方の世津はおっとりして座っている。

「片桐弦一郎と申します。お見知りおき下さいませ」

弦一郎は、まっすぐに奥方を見た。

世津は白い顔で頷くと、

「殿に代わってお願いいたします。内藤の家の台所は今、火の車じゃ。このまま放ってはおかれぬ。詳しい事情はこちらの若尾《わかお》からお話ししますが、どうか、この内藤家のためにご尽力下され」

世津は言い、側に控える年寄りの奥女中を目で促した。

弦一郎が顔を若尾に向け、軽く若尾に会釈を送ると、若尾も弦一郎に膝を回して頷いた。

若尾の鬢《びん》には白いものが混じっている。体つきはどっしりしているが、その眼差しにはせっぱ詰まった険しいものが見受けられた。

若尾は、低い声で弦一郎に言った。

「片桐どの。そなたにこの屋敷の用人をお願いしたのは、奥様でございます。どうか、奥様をお助け下さいませ」

丁寧な物言いだった。

「先ほど増川どのから、殿が病に伏せっておられると聞きましたが……」

弦一郎は若尾に聞いた。

「はい。長い間心の臓を患っておられまして、医師からはいろいろとご心配をなさるのが、なによりお体に障ると申し渡されております。奥様は用人がいなくなってからというもの、お一人で表も奥も差配なさって参られました。ですが近頃ではその荷も重く、せめて若殿様のご婚儀を迎えるまで手助けが欲しい、そう申されまして……それで、そなたのような然るべき人を御用人としてもとめられたのでございます」

若尾は神妙な顔で言い、言葉を切った。ふっと顔をくもらせてさらにつづけた。

「片桐どの、ただいまも奥様がおっしゃいましたとおり、今年に入って、御用人、若党をはじめ、奉公人が次々と暇をとりました。今この屋敷に残っているのは、奥の女中では私と、こちらの梅《うめ》と申す者」

若尾は側に座す若い女中を目顔で示すと、

「後は若党の増川と、知行所から連れて来た中間が二人、台所女中が二人、そして代々この屋敷で炊飯を係としている下男が一人、奉公人はそれで全てでございます。皆この屋敷に起居しておりますので、何かご用がございました時には、遠慮なくお使い下され」

若尾は言った。

その時、廊下に荒々しい足音が立ち、弦一郎たちが居る部屋の前を慌ただしく過ぎた。

「お待ちなさい、辰之助《たつのすけ》どの」

世津が慌てて呼びかけた。

男の足音が廊下の向こうで止まり、すぐにこちらに戻ると、黙って廊下に立った。

すらりと戸が開いて、若い武家が顔を見せた。

「辰之助どの、こちらは、当屋敷に用人として来ていただきます片桐どのです。ご承知おき下さい」

世津は、武家に弦一郎を紹介した。

「片桐弦一郎と申します」

弦一郎は一礼して顔を上げたが、辰之助の顔を見て驚いた。

「……………」

辰之助も驚いて言葉を呑《の》んだ。

なんと辰之助は、先日雨の降る日に、履き物問屋の奉公人、房吉を襲った若侍三人のうちの一人で、切れ長の目をした男だったのである。

「片桐どの、若殿様をご存じでございましたか」

若尾が二人の様子を訝しく思ったらしく、怪訝《けげん》な顔をして聞いてきた。

「いや、初めてお目にかかります。知人のご子息によく似ておられたものですから
……」

弦一郎はごまかした。すると、

「出かけてくる」

辰之助は言い捨てて、逃げるように玄関に向かっていった。

「どう思われました？……辰之助様のことですよ」

若党の増川三平は、玄関脇の小部屋に弦一郎が顔を出すと、にやりとして言った。

増川三平がいるのは、家士の詰め所だった。

用人が執務する部屋は、この部屋とは別に隣にあった。だが弦一郎は今日はそちらは覗いただけで、三平や他の奉公人と顔合わせをして帰宅するつもりでいる。

若尾の依頼は、早い話が借金まみれの家計を整理して、今後立ちゆくようにして欲しいというものだったが、内藤家の借財がどれ程あって、年貢が幾ら入っていて、そして支出はどれだけあるのかなど、書類を検討してみなければ予測もつかなかった。

そこで弦一郎は、明日までに関連する記録書類を用意してくれるよう若尾に頼み、その後若尾に連れられて、奥で伏せっている内藤家の当主内藤孫太夫を見舞ったのである。

期限を切って用人をお願いした片桐弦一郎殿だと、若尾が伏せったままの孫太夫に紹介すると、孫太夫は顔を弦一郎の方に向け、黙って頷いた。

長患いのせいか顔は青白く、頬《ほお》も肩も痩《や》せていた。

印象深かったのは、「片桐弦一郎でございます」と挨拶をした弦一郎を見た孫太夫の目に、縋《すが》るような色が宿っていたことだった。

家政や家族を心配しながら伏せっている孫太夫の懊悩《おうのう》が伝わってきて、弦一郎は身の引き締まる思いがした。

――この家の苦境を、あの辰之助とやらは何と心得ているのやら……。

孫太夫の部屋を辞し、廊下を引き返しながら、その時弦一郎は辰之助に憤りを覚えていたが、いま目の前にいる三平も、辰之助の行いには不快な思いを抱いているようだった。

とはいえ、辰之助がどんな人間なのか、確かめるのはこれからである。弦一郎は三平に言った。

「どうと聞かれてもな、まだ顔を合わせただけだ。口もきいてはおらぬ」

「またまた……」

三平は笑ってみせたが、すぐに表情を硬くして、

「片桐どのもご覧になった青茶婆の一件ですが、あれは間違いなく辰之助様の借金ですぞ」

苦々しく言った。

「そうか……しかしいったい、若殿は幾ら借金をしているのだ」

「さあ……殿様に断りもせず、勝手に外で飲み食いした遊蕩《ゆうとう》の金らしいですからね、本人でなければ見当もつかないのではないでしょうか。今日の青茶婆の取り立ても、あれは青茶婆が手に入れている証文だけの話ですから、他にも借金があるんじゃないですかね。そうでなくても随分前から当家の台所は火の車だったのです。お陰で奉公人は満足に給金も貰えなくなって、一人二人とこの屋敷から出て行ったという訳です」

「では今この屋敷に残っているおぬしたちも、手当は貰ってはいないのか」

「貰ってはいますが雀の涙ほどです。私だってどこかに良い条件の奉公先があれば、すぐに移りたいのが本当の気持ちです。ただ中間や下女たちはみな知行地から年貢の代わりに連れて来た口減らしの者たちですから、給金を払わなくても屋敷を飛び出すことはないのですよ」

「相当の困窮ぶりだということは察しがついた。すると、用人が辞めたのも手当が滞ったからなのか」

話を聞けば聞くほど、大変な屋敷にやって来たものよと、弦一郎は用人を引き受けてしまったことを後悔し始めていた。

「いや……片桐殿は何も聞かなかったのですか」

三平は顔を寄せて小声で言った。

「何だ、何をだ」

「先の御用人は、何者かに殺されまして……」

「何、殺されたとは？……この屋敷の内で殺されたのか」

「いえ、出向いて行った知行所でのことです。もっとも、殺されたと思っているのは私だけかも知れませんが……」

三平は声を潜めた。

半年前のことだった。

内藤家の用人小池豊次郎《こいけとよじろう》は、家政の赤字を埋めるために知行地の武蔵国葉山《はやま》村に旅立った。

年貢とは別に、今まで目こぼししてきた副産物に税をかけ、金を納めさせようとしたのである。

ところが、その小池は村に入ってすぐに知行所内を流れている小川に落ちて亡くなったと知らせが来た。

そこで三平と中間の松蔵《まつぞう》が、遺体確認のため知行所に赴いたが、名主以下村役人たちは、用人は事故で亡くなったと口を揃えて言ったのである。

村人たちの話では、小池豊次郎は村に到着したその晩に、神社の堂内で行われた百姓の寄り合いに出た。毎年この時期には、一年の豊作を祝っての祭りがあり、夜は会合が行われることになっていた。

その会合に出た用人豊次郎は、内藤家の台所事情を説明した。金の無心をしたのである。

すると、百姓たちは村の実情を訴えてその話を敬遠した。

ただ話は祭りの場所でのこと、挨拶がわりの軽い応酬で相手の意を探り合っただけで、その日の話は終わった。それでその晩は、ささやかな酒宴となった。

小池豊次郎は下戸《げこ》だったが、村人たちに勧められて何杯か飲んだらしい。

豊次郎は、すぐに酔っぱらった。宿舎である名主の家に引き上げると言い出して、一人で神社を出た。

五百石の内藤家の領地は葉山村一村だけである。内藤家の家士が当地に役所を構えるほどのものではなく、そのお役は名主が請け負っていたから、内藤家から出向いた者の滞在先は名主の家となっていた。

神社の宴にはむろん名主も出席していて、後に残る自分の代わりに、村の者に家まで送らせると言ったらしいが、豊次郎はこれも断ったのである。

豊次郎は用人である。気配りの出来る人だった。始まったばかりの宴の雰囲気を、酔っぱらいの自分のために壊してはならないと考えたようである。

実際豊次郎は、そのような言葉を口走っていた。何人もの村人が聞いている。

そうして豊次郎は一人で神社を出た訳だが、その晩、名主の家には戻ることはなかった。

夜遅く帰宅した名主が、用人がまだ戻ってないことを知り、村人総出で豊次郎を探したが見つからず、朝方になってようやく、小川のほとりですでに息絶えている豊次郎を見つけたのであった。

豊次郎は独り者だった。村で荼毘《だび》に付すことも検討されたが、三平は荷車に乗せて連れ帰ってきた。

豊次郎には妹が一人いて、浜町堀《はまちようぼり》沿いの高砂町《たかさごちよう》にある酒屋『播磨《はりま》屋』に嫁入っていると聞いていたからである。

果たして妹のお杉《すぎ》は、三平に厚く礼を述べ、父母が眠る墓地に、豊次郎を葬ったのであった。

「片桐殿……私が、殺しではないかと疑いを持ったのは、用人殿の両手の指の爪に、人の皮膚のようなものが挟まっていたからです」

三平は声を潜めた。

「すると、誰かと争ってのことだと、そういう事か。用人殿の体にはそれらしき傷があったんだな」

「いえ、ひっかき傷一つありませんでした。それで誰もが、無理に飲んだ酒のせいで小川に落ちて心の臓の発作が起きたのだろうと……でも私の疑いは強かった。私は若尾様にはそのこと、お知らせしたのですが、翌日返って来た返事は、すでに知行所で事故と決定しておる、調べるに及ばずというものでした」

「はっきりした証拠があれば別だが、知行所とのもめごとは差し控えたい……そういうことか」

「はい。殿様はあの通り病《やまい》について久しい。若殿の辰之助様は勝手のし放題。そんな時に村から一文でも金を捻出させるためには、無用な疑いや争いは控えたい……家政を預かる奥様のお気持ちもわからないではないですが」

三平はため息をついた。

内藤家は家禄五百石、これの四割の二百石が実収入である。金額にしておおよそ二百両——。

ところが、内藤家は殿様が病に倒れたあたりから、家計が苦しくなったのだと三平は言うのである。

「不作が続いたこともあるようだが、主な原因は若殿ですよ」

と三平はまゆを顰《ひそ》めた。

「いつからそのようになられたのだ？」

弦一郎は三平の目を覗いた。

「去年の暮れからでしょうか。奥の女中だった美布《みの》という女子《おなご》が、突然この屋敷からいなくなった頃からですかね」

「ほう、それも初めて聞く話だ」

「美布殿は知行所の葉山村から来た台所方の女中でしたが、奥様に気に入られて奥の女中になった女子でした。ところがその美布殿に若殿様が惚れているらしいという噂《うわさ》が立ちまして、まもなくでした。美布殿がいなくなったのは」

——そうか、そういうことがあったのか。

弦一郎は若尾から、美布の話はなにも聞いてはいない。だが、辰之助の縁談が決まった話は聞いていた。

相手は御小納戸《おこなんど》頭取千五百石、本多《ほんだ》将監《しょうげん》の三番目のおひい様である。

しかし、辰之助に思いを寄せる女子が他にいたとなると、放蕩を繰り返している辰之助の行いも、その辺りへの鬱屈《うっくつ》かとも思われる。

内藤家を立て直すには、辰之助自身が自覚をもって身を正し、再建をしようとするその姿勢が求められる。

——いかにして辰之助に、内藤家継嗣としての自覚と責任を持たせるか……。

それが肝要だというのに、辰之助の外での非行の一端に出会ってしまった弦一郎にしてみれば、途方もない荷物を引き受けてしまったような、そんな気がした。

今更だが……道は遠そうだと、弦一郎は密かにため息をついた。

三

翌日、内藤家に用人用としてあてがわれた弦一郎の部屋に、若尾は早速これまでの出納の帳面のほか記録書を運んで来た。

弦一郎は、その帳面に手を添えると、若尾の顔をまっすぐに見て言った。

「若尾殿。正直なところ、それがしの力では、奥方の心配をすべて取り除くことが出来るのかどうか自信はない。ただし、引き受けた以上は全力を尽くす。それには少しも隠し立てがあっては先には進めぬと存ずるが」

「承知しております。なんでもおっしゃって下さいませ」

若尾は、神妙な顔で頷いた。

「まず一つは、この家の借金だが、細かいところはこれからこの帳面で拾いますが、ざっと若尾殿が把握されているかぎりで如何ほどですかな」

「はい。札差しに百八十両と神田の骨董屋『黒木《くろき》屋』に二十五両、合計二百五両でございます」

「すると、昨日門前で声を張り上げていた青茶婆の分は別の話ですな」

「はい」

「察するところ病はかなり深刻だ。これ以上の借金はお家の命とりになると存ずるが……」

「はい……実は奥様もそのことで心を痛めておいでなのでございます」

若尾は言い、奥様はいまや着物を新調するのも止《や》め、食事も一汁二菜で通しているのだと言った。

「殿はご病気、家士にも十分な手当を渡せぬような内情ならば、なぜ奥方は辰之助様に一言申し上げないのだ。嫡男としての自覚に欠けるのではないかな。それとも、諫《いさ》めることも出来ぬ何か弱みでもおありなのか」

弦一郎は若尾の目をひたと見た。

「片桐殿、何かお聞きになったのですね」

弦一郎は頷いた。

「お話ししましょう。いずれ若様への説得苦言をお願いしようと考えていたところでございますから」

若尾はそう前置きすると、奥様が若様に厳しいことを申し上げることが出来ない理由は二つあるのだと言った。

「一つは、若様は奥様の御子ではないのです……」

二十三年前のこと、奥方の世津が内藤家に来る前に、孫太夫が家の女中のおまきという女子に生ませたのが辰之助だった。

孫太夫の父は正妻として嫁して来る世津の気持ちを慮って、おまきと辰之助を、葉山村の名主藤兵衛《とうべえ》に託そうと考えていた。

ところがおまきは、産後の肥立ちが悪く、辰之助がはいはいをする頃に亡くなった。

そうこうしている間に、そのことが世津のほうに知れてしまった。

孫太夫は、破談を覚悟してことの仔細を説明し、世津が受け入れられないのなら、辰之助は養子に出すことも考えている旨を伝えたのである。

だが世津は、辰之助を我が子として育てると伝えて来たのであった。

嫁いで来た世津にも、やがて男子が産まれて、その御子が内藤家の継嗣として届けられた。名を新之助《しんのすけ》と言った。

妾腹の子が先に誕生していても、家の跡継ぎにはなれぬ。それは武家社会の決まりごとであったが、二人の男子が長じると、俄《にわか》に女中たちの間に波風が立つようになった。

辰之助についている女中と、新之助についている女中が、何かにつけて争うようになったのである。

ついに、辰之助は妾腹の御子だと辰之助にささやいた者がいて、素直だった辰之助がひがみ、父親の孫太夫はとうとう息子二人に真実を打ち明けて武士の子としての分別を言い聞かせた。

ところが新之助八歳の時、御府内には痲疹《はしか》が流行し、まず先に十歳になっていた辰之助が、続いて新之助が罹患した。

世津は二人の病が回復するのを祈ったが、新之助が命を落としてしまったのである。

その後しばらく、世津は辰之助を自分の側から遠ざけた。世津もまた一人の母親だったのである。

無理もない話だったが、しかしこのことは、その後の辰之助に暗い影を落としてしまった。辰之助のほうが世津を避けるようになったのである。

むろん世津はその後辰之助を継嗣として認め、新之助に抱いていた期待と愛情を辰之助に注ごうとするのだが、成長期の、心身共に不安定な所にいた辰之助の心を、昔に戻すことは出来なかった。

孫太夫が元気な頃には、辰之助にこんこんと言い聞かせることもあったが、その孫太夫が病の床についてからは、辰之助はその孫太夫にさえ嫌悪の態度をあらわにするようになったのである。

「片桐殿、辰之助様は自分を生んだ母親が亡くなったのは、殿様のせいだと思っておられるようなのです」

若尾は、そこまで話すと太いため息をついた。

「それにしても、若殿はお幾つになられたのだ」

弦一郎は静かに顔をまわし、若尾の目をとらえて言った。

「今年で二十四におなりです」

「ふむ……して、もう一つの訳というのは、ここにいた美布という女子のことですかな」

「はい。殿様はかつてご自分が女中のおまきさんに与えた苦しみの二の舞をさせたくない、そう思われたのだと存じます。今の内なら何とかなる。そうお考えになった殿様は、美布に屋敷を去って村に帰るように引導を渡しました。ところが美布は村からいなくなった。そのことがわかって以来、辰之助様は御府内を探して……借金もそれでつくったのだと存じます。そういうことでございますので、今や辰之助様には、殿様も奥様も何も言えなくなってしまいまして。いえ、何を申し上げても、辰之助様は聞く耳を持たないと存じます」

ここに至っては、片桐様が頼りだと若尾は言った。

「ふむ」

弦一郎が頷いた時、三平が廊下に跪《ひざまず》いた。

「ただいま北町奉行所与力神尾鎌次郎《かみおかまじろう》様のお使いの者が参りましてございます」

「何、神尾殿が」

「はい」

「片桐殿、神尾殿は当家と懇意にしている与力の方でございます」

若尾は不安な顔をして弦一郎を見た。

「内藤家用人、片桐弦一郎でござる」

一刻《いっとき》後、弦一郎は北町奉行所与力神尾と対面した。

神尾の使いの者は、辰之助たち仲間三人が町のならず者たちと喧嘩をし、町奉行所の手の者に捕まったと告げに来たのである。

弦一郎の内藤家用人としての初めてのおつとめは、町奉行所から若殿を引き取りに行くことだった。

大名家や旗本御家人は、町奉行所の管轄ではない。屋敷内は治外法権になっていて、町奉行所は踏み込むことが出来ないが、屋敷の外で起こした事件で奉行所の手に落ちた場合はこの度のように内々に屋敷に通知がある。

むろん重罪なら引き渡しを拒否される場合もあるが、軽微な罪なら与力が中に入ってくれて、身柄引き渡しに応じてくれることになっている。

弦一郎は丁重な物言いで神尾に頭を下げた。

「片桐殿、はっきりと申し上げておきましょうか」

神尾は扇子を帯から引き抜くと、難しい顔で言った。神尾は五十そこその男だった。

頬骨の立った精悍《せいかん》な顔立ちに、鋭い目が光っている。老練の与力という印象を受けた。

「私も孫太夫様とは懇意の間柄、このような苦言は金輪際にしたいのだが、若殿が次になにか起こした時には、内々に済ませるという訳にはまいらぬ。先の御用人小池殿にも、その旨お伝えした筈でござるが……」

神尾は苦々しい顔をして言った。

神尾の話によれば、辰之助と連れ立っている二人は札付きの不良で、旗本御家人の子息だと言い、

「一人は御家人関根郷右衛門《ごうえもん》が次男関根貞次郎《ていじろう》、もう一人は旗本二百石城田英助《しろたえいすけ》三男友之助《とものすけ》、二人は以前から奉行所も目をつけている人物で、早晩評定所の厄介になるに違いない。早々に二人と手を切った方がよろしいかと存ずる」

くれぐれも若殿辰之助にはその旨言い聞かせるようにと神尾は念をおした。

弦一郎は、ふてくされた辰之助を神尾から引き取って奉行所を出たが、屋敷には帰らずに神田佐久間町《さくまちょう》にある煮売り屋『千成屋《せんなりや》』に入った。

「おや旦那、お久しぶりでございます」

店の女将でお歌《うた》という女が愛想良く迎えてくれた。

千成屋は煮売りもするが、酒も飲ませてくれる店で、お歌は五十過ぎだが、手八丁口八丁の女である。

歯に衣《きぬ》着せぬやり手の女で、亭主を早くに亡くしたお歌は、女手一つで鬼政《おにまさ》と異名を取る岡っ引の政五郎を育て上げた人である。

だが、万事そんな調子だから、政五郎の嫁とも折り合いが悪く、つかみ合いの喧嘩をしたあげく嫁を追い出したと、これは長屋の者たちのもっぱらの噂である。

情けないのは二人の喧嘩を見て見ぬふりをしていたという政五郎だが、嫁姑の問題は捕り物のようにはいかなかったようだ。

弦一郎がこの店の常連となったのは昨年の暮れ、武蔵屋で起きた事件がきっかけだった。

店先で行き倒れになった男を武蔵屋は助けて食事を与えたが、この男、その恩義も忘れて、居直り強盗となったのである。

武蔵屋から弦一郎の元に助けて欲しいと使いが来て、弦一郎はすぐに駆けつけて男を押さえた。

この時、男に縄をかけに走って来たのが政五郎だったのだ。

以後、政五郎母子には「旦那、旦那」と弦一郎はすっかり気に入られて、弦一郎もまたこの千成屋を重宝しているのであった。

「お歌、二階は空いているか」

弦一郎は段梯子の下から上を覗いて聞いた。

「ええ、空いてますよ。どうぞ」

お歌はにこりとして言い、

「旦那の好きなお芋の煮っ転がしがありますからね、すぐにお持ちしますよ。で、お酒はどうします？」

まだ陽も高い八ツ刻（午後二時頃）である。

「いや、酒はいい。煮っ転がしも話が終わってからでいい、飯と一緒に頂くとしよう」

「あいよ。じゃ、まずはお茶だけすぐにお持ちしますから、どうぞお上がりくださいな」

弦一郎が辰之助を連れて二階の小座敷にあがると、お歌は間をおかずに茶を運んで来て部屋を出て行った。

「さて、ここに来てもらったのは他でもない。二、三聞きたいことがある」

弦一郎は憮然として座っている辰之助に言った。

「言っておくが、俺は屋敷の外ではおぬしに敬語は使わぬ。内藤家の用人は日を限っての勤め、それにおぬしのためにはならぬからな」

「ふん……」

辰之助は勝手にしろと言うように顔を背けた。

弦一郎はしかし、そんな態度など無視して話を継いだ。

「それと、おぬしの返事のしようによっては、内藤家用人の仕事を辞しても良いと考えている。俺の話を聞けぬようでは、おぬしは内藤家の行く末がどうなってもよい、そう考えているとみなさなければならぬ。そんな間の抜けた家の用人など受けてもばかばかしい。そうだろう。当主たるべき者がその始末では、傭われ用人などが逆立ちしたところでしょせん悪あがきだ。さっさと辞めさせてもらう。そのつもりでいてくれ」

弦一郎は容赦なく畳みかけた。

この男には、少々の荒療治が必要だと思ったからだ。

案の定、意外に手強い……そんな驚きが辰之助の眼に走った。だがすぐに、開き直ったようなふて腐れた表情に戻った。

おそらく今まで若様若殿様とかしずかれて、屋敷の者から乱暴な物言いをされたことがなかったからに違いない。

弦一郎は辰之助をひたと見て言った。

「さて、まず肝心なことから聞こう。おぬしは内藤家五百石を何と心得ている。五百石の旗本の家が、もはやその格式を保てないほど家計が疲弊していることはご存じか」

「……………」

「答えろ！」

「詳しくは知らぬ。知らぬが困っていることぐらいは察しがついている」

　ぶすっとして横を向いたままだったが、辰之助は答えた。

「ふむ、多少なりとも知っていて、その体たらくか……」

「……………」

「父上殿は病に伏し、母上殿はおろおろして行く末を案じているというのに、おぬしは町へ出てならず者と喧嘩をし、あちらこちらで借金をし、この間などは危うく人殺しまでするところであった。武士が刀を腰にしているのは何のためか。弱い者を虐めるためのものではないぞ」

「俺には俺の考えがある。俄に用人として入ってきたお前などにわかるものか」

「何を考えているというのだ？……言ってみろ」

「父も母も俺に期待などしてはおらぬ。俺は厄介者だ」

「ほう、それで……」

「俺にとやかく言うのは家のため、妻となる人の家に気を遣っているからだ。妻となる人は多額の持参金を持って来るらしいからな」

「結構なことじゃないか。俺も若尾殿から聞いた。御小納戸頭取本多将監がご息女とは、五百石の内藤家には過ぎた妻ではないか」

「ふん。行き遅れた娘だと聞いた。それもすこぶるの醜女《しこめ》だそうだ」

「ふふっ」

弦一郎はつい笑った。

「何がおかしい」

「見たのか、そのおひい様を」

「見るものか。見たくもない」

「ならば、醜女だとどうしてわかる……いい加減なことを言うものではない」

「人から聞いたのだ。間違いない」

「わかった、あの連中だな。関根貞次郎と城田友之助……若殿も与力の神尾殿から聞いていると思うが、二人の話は信じぬほうがよいな」

「何」

辰之助は険しい眼を向けた。まるで自分が蔑まれたように気色《けしき》ばんだ。

「百歩譲って本多の娘を迎えるとしても、父と母の仕打ちは許されぬ」

「美布という女中のことだな」

「ふん。内藤家の用人になったばかりなのに、俺の身辺は調べ済みか……そうだ、俺は美布を妻にしたかった。それなのにその美布を俺の知らない所に追い出してしまったのだ。虫も殺さぬような顔をして、お前はまだわかってないようだが、母上は俺が幸せになるのを邪魔したいのだ」

「馬鹿な……いいか、美布に暇を出したのは親父殿だ。母上殿ではない」

「嘘だ」

「嘘なものか。疑うのなら親父殿に聞いてみろ」

「じゃ、美布は今どこにいる。俺が町に出て借金をする羽目になったのも、美布を捜し出したい一心だったのだ」

「どこまで目出度く出来ているのだ、おぬしは……親父殿がそうしたのは、全ておぬしと、美布のためだ。自分と同じ轍を踏ませたくなかったからだ」

「……」

「おぬしを生んだ母上殿と同じ悲しみを美布にさせたくはない、そう思ったからじゃないのか。親の気持ちもわからずに情けない男だな」

「許せぬ」

辰之助は、膝を立てるといきなり拳を振り上げた。

「目を覚ませ！」

弦一郎は振り下ろしてきた辰之助の腕をねじ上げた。

「放せ」

「いや、放さぬ。女子のことで切ない思いをしているおぬしの気持ちはわかる。だが、それもこれも内藤家あってのこと、今若殿がやるべきことは、病にある親父殿に代わって、いかにして傾きかけた御家を立て直すか、そうではないのか」

「いいんだ。それぐらいのことで家が立ちゆかぬようになるというのなら、それも運命」

「馬鹿者」

弦一郎は、さらにぐいとねじ上げた。

「痛いよ、放せよ」

「何が運命だ。武士が浪人として世に放り出された時の情けなさがどんなものかもわからず、知ったような口をきくんじゃない。そこまで言うのなら甘えて家にしがみついていることはない。縁を切って浪人になってみろ。おぬしの言うとおり、そんな考えの子息など内藤家には不要だ。おぬしが縁を切って家を出て行けば、内藤家はしかるべき所から養子を迎えればいいのだ。そしておぬしは浪人となる。だがな、言っておくが、この世で身過ぎ世過ぎの出来ないお前など、すぐに悪に手を染めて、一年もたたぬうちに司直の手に落ちることになる。保証するぞ。それだけの勇気があるのならやってみろ」

弦一郎はねじ上げていた腕を、突き放した。

「あっ……」

辰之助は、畳の上に両手をついた。辰之助は余程腕が痛かったのか、俯《うつむ》いたままの不格好な姿勢で、弦一郎に捻られた腕をさすっている。

弦一郎は、その横顔に言った。

辰之助の生い立ち、父親孫太夫の苦しみ、母親世津の思いやりや哀しみをこんこんと言い聞かせた。

家政がしっかりしていれば、美布のこともまた別の手当も出来る。第一亡くなったおぬしの母親が、今のおぬしの行いを知ったらどれほど悲しむかよく考えろと、弦一郎は厳しく言い聞かせたのである。

「武士が、守るべき家を失ったら首がないのと同じことだ。どのような厳しい条件の中にあっても、家が存続するということは、どれほど恵まれたことか……俺など主家が突然改易となり、改易の騒動の一端を担《にな》っていたとして妻の父親も妻も自害して果てた。俺自身に何か不都合があった訳ではない。それでもこの有様だ。内藤家は、おぬしの心がけ次第でまだ浮かぶ瀬もある。それを放棄すると言うのならそうすればよい。ただし言っておく。いったん失ったものの取り返しはつかぬ。それを忘れるな」

「弦一郎……」

顔を上げた辰之助の顔に動揺が見てとれた。

四

「旦那、鬼政でございやす。起きていらっしゃいますか」

お歌の息子で岡っ引の鬼政が弦一郎の長屋を訪ねて来たのは、その晩のこと、四ツ(午後十時頃)は過ぎていた。

弦一郎は行灯《あんどん》の灯を引き寄せて筆耕に精を出していた。

内藤家の実情を知れば知るほど、口入れ屋の万年屋金之助が言うような、三月で三両などという報酬が手に入るとは思えなかった。

筆耕の仕事でこつこつでも小金を手にしておかなければ、内藤家の用人どころではない。自身の明日の暮らしが立ち行かないことになる。

そう思いながらも、千成屋の二階で見せた辰之助の微かな心を、なんとか後押ししてやりたいと考え始めている弦一郎であった。

「おう、鬼政か、入ってくれ」

弦一郎は戸口に顔を回して返事をすると、やりかけの仕事の手を止めて鬼政を迎え入れた。

「遅くなりやして済みません。調べで品川まで行っていたものですからね、せっかく旦那に店に来ていただきやしたのに失礼いたしやした」

「何、こっちの用事は親分にとっては余計なことだ。気にすることはない」

「旦那……おふくろに叱られやしたよ。どこをうろうろしていたんだとね。何しろおふくろは、あの強盗騒ぎのあと、今年の正月明けに店で転んで足の骨を折った時、旦那にお世話になりやしたでしょ。旦那が医者を呼んできてくれて手当をして貰ったことがありやしたが……あれから、さらに旦那、旦那で、あんな気だてのいい御武家様は見たことがないってね。ですから今日も、旦那がお前に頼みたいことがあるとお出でになったのにこんな時間まで何をしていたんだと、あっしが岡っ引だということを忘れちまったような顔をして、普段はお前から岡っ引の仕事をとったら何にもないんだから励め励めと小うるさいのに、まったく……」

鬼政はそんなことを言いながら、抱えてきた酒と折箱に入った御菜を弦一郎の前に出した。

「おふくろの差し入れです」

「すまぬな。遠慮なく頂くぞ」

弦一郎は鬼政を手招きして上にあげ、ぐい飲みの盃を二人の前に置いた。

「それじゃあ、あっしもご相伴いたしやす」

鬼政は二人の盃になみなみと酒を注ぐと、ぐいとうまそうに飲んだ。

だが口にしたのはその一杯だけで、盃を下に置くと、

「旦那、旦那は内藤様の御用人の仕事をお引き受けになったんですってね」

膝の上に手を置いて弦一郎を見た。

「あっしの用事というのは、それに関わる話ですかい」

「そうだ。お前にも仕事がある。手が空いたところでいいのだが、頼まれてくれるか」

「ようがす。ほかでもねえ、旦那の頼みだ。岡っ引の仕事は仕事。やらせていただきやす」

「助かる。俺一人では手に余るのだ」

弦一郎はこれまでの経緯を話し、

「お前に調べて欲しいのは、美布という女中の行方だ」

弦一郎は言った。

「承知しやした。やってみましょう」

鬼政は快く弦一郎の顔に頷いた。

「仕事に差し障りのないところでいいぞ」

「なあに、どうせいつも何だかんだと調べておりやす。そんなに手間のかかることではございやせん」

「すまぬな。大いに助かる」

「何をおっしゃいますか。あっしは嬉しいのでございやすよ。しかし旦那もたいそう厄介な仕事をお引き受けなすったものでございやすね」

「おゆき殿に頼まれてはな……」

弦一郎は笑った。

「はは、なるほどおゆきお嬢さんですか……しかし、あの人もお気の毒なお人でやすねえ。大商人の娘さんだから幸せな縁組みをしたかというと、そうではない。望んでもいない先に嫁ぎ、我慢が出来なくなって嫁ぎ先を飛び出してきちまったんですから」

「………」

「いや、人ごとではございやせんや。あっしも女房とご存じの通り離縁となりまして……世の中うまくいかないものでございやすよ。あっしも今は愛情を注ぐのはもっぱら植木というていたらくでございやすがね。それでも植木市なんかで仲の良い夫婦ものを見た時なんぞは、なぜもっとあいつを庇ってやらなかったのかと後悔することがございやす。ですから、おゆきお嬢さんも今度こそいいお人を見つけて」

鬼政はしみじみと言い、そこでふと思い出したように、

「旦那、そういやぁ、おゆきお嬢さんがおっしゃっておりやしたよ。今度嫁ぐとしたら旦那のようなお人にしたいって……」

「鬼政、いい加減なことを言うな」

弦一郎は慌てて遮《さえぎ》った。

「へっへっへっ、じゃ、あっしはこれで」

鬼政はごまかし笑いをして立ち上がった。

――鬼政め、いい加減なことを言いおって……。

鬼政の足音が長屋の路地から遠ざかるのを確かめてから机に向かったが、筆は取らずに、文机の下に置いてある文箱《ふばこ》を引き寄せると、かつての国で暮らしている母からの手紙を取った。

その手紙には、江戸に出てこないかという弦一郎の誘いを断ってきた母の思いが綴られている。

母は、息子との暮らしを望みながらも、生まれてからずっと暮らしてきた故郷を、この年になって離れることは出来ないと書いてあった。母は今、新しい領主に仕官がかなった義兄の家で暮らしている。

何度も読み返していて、手紙を手に取るだけで、息子と離ればなれに暮らすことを選んだ母の切ない気持ちが伝わって来る。

それはまた、弦一郎が突然自分を襲った不幸の連鎖を思い出すことでもあった。

思い出したくも認めたくもない苦い過去ではあったが、ここにこうして一人で暮らしているというその事実は紛れもない。主家を失い、国を失い、家を失い、妻を失ったことは夢ではなかった。

そう……弦一郎にも相思して暮らしていた妻がいたのである。

三年前のことだった。

片桐弦一郎は、安芸津藩五万石で百五十石を賜り、御小姓衆として勤めていた。妻の名は文絵《ふみえ》、執政笹間《ささま》十郎兵衛《じゅうろうべえ》の娘であった。

父親同士が若き日に道場仲間だったこともあり、また、二人も相思の仲だったこともあって、若い二人は波風のない幸せを噛《か》みしめていた。

ところが一緒になって一年が過ぎようとしていた頃、弦一郎は江戸勤務を申し渡された。しかも、御留守居役見習いとしての大抜擢で、弦一郎は文絵を国元に残して江戸に出てきた。

文絵との間にまだ子は生まれておらず、それが心残りだったとはいえ、二度と会えぬというものでもない。弦一郎の頭の中では、妻や子のことより立身の糸口をつかんだ幸運で一杯だった。

その幸運も文絵の父親が執政だったという事と無縁ではないかもしれぬ。そう思えばなおさら、その期待にこたえなければと思った。

何しろ、藩の御留守居役ともなれば、幕閣、旗本、各藩との外交交際、その他最新の情報収集など、安芸津藩の窓口としての活躍が期待される。

例えば、元禄の頃に起きた、かの有名な赤穂《あこう》浪士の事件は、藩の御留守居役の不手際だったと言われているほど重要なお役目である。

この、先々藩の命運を背負うことになるお役目に、弦一郎は心躍らせた。

ところが、弦一郎が江戸の藩邸に入って一年近くが過ぎた頃、藩主の右京太夫《うきょうだゆう》が病の床についた。頃を見計らったように国元で不穏な動きがあると知らされる。

藩主と正妻との間には姫一人しか育っておらず、次期藩主の座をめぐって争いが起きたのだった。

正妻が生んだ姫の婿を推す者たちと、国元で妾腹に生まれた幼い男子を推す者たちとで、国はまっぷたつに割れたのである。

どちらに属してもいない弦一郎たちは、ただはらはらしてこの藩の騒動を幕閣に知られぬように注意を払っていたが、国元の執政の一人が殺されたことから事は公になり、即刻藩はお取り潰《つぶ》しとなったのである。

あろうことか悲劇はそれでは治まらなかった。

文絵の父笹間十郎兵衛が、この世継ぎ問題に深くかかわっていて、幕府の裁断に抗議して切腹して果てたのである。しかも、嫁に行った娘の文絵まで実家に呼び寄せて、一家郎党命を絶った。

弦一郎の母龍野《たつの》は何も知らずに嫁を実家に送り出し、文絵の死を知らされたのは、目付からの使いだったのだ。

片桐家に迷惑はかけられぬ。文絵は片桐家の玄関を出たところで離縁したということにして欲しいと、父親の十郎兵衛の遺言が残されていたという。

弦一郎たちも江戸の藩邸を二日後には追い出されて、藩士たちは皆ばらばらになってしまった。

妻の死を悲しむ暇もなく、弦一郎たちは明日からの糊口《ここう》を凌ぐ手段を考えなくてはならなかったのである。

――せめて江戸に詰めていなかったら、自害して果てるぎりぎりまで一緒にいられたものを……いや、俺が側にいたら妻を死なせたりするものか。

弦一郎はいまだにそんな思いに囚われる。

妻が離れて国にいるという寂しさと、もはやこの世にいなくなったという寂しさとでは雲泥《うんでい》の差があった。

しかも十分に愛おしんでやることが出来なかった無念は、たとえようもない。

だからこそ弦一郎は国には帰らなかったのである。むろん帰ったところで仕官の道がある訳ではない。

「ふむ……」

弦一郎は母からの手紙を箱に戻した。

どこからか夫婦の諍《いさか》う声が聞こえてくる。

現実は壁一つ隔てた長屋の暮らしの中に弦一郎はいる。弦一郎は俄に、内藤家用人として思いをめぐらせていた。

「旦那、今なんとおっしゃったんですかね。このおきんの耳には、今少し借金の返済は待ってくれ、そのように聞こえましたが……」

青茶婆は、廊下に腰を据えたまま体を捻って、敷居際に座す弦一郎を見返した。

内藤家に出仕した弦一郎を待っていたのは、先日門前で鉦太鼓を叩いて、借金を返せと大声を張り上げていたあの女だった。

名をおきんと言い、懐に差し挟んで来た辰之助が作った借金の証文を廊下に並べて見せたのである。

「そうだ、その通りだ。お前には気の毒だが、当家は逆さに振っても血も出ぬありさま、秋の収穫まで待ってくれぬか」

「冗談じゃありませんよ。それじゃあこっちはおまんまの食い上げだ。一両でも二両でも貰わないことには帰れませんね」

「そうか、ならばそこにいろ。こちらは構わぬゆえ、ゆっくりいたせ」

弦一郎は立ち上がった。青茶婆を相手にして刻を過ごすほど暇ではない。調べなければならない帳面が、机の上に積まれていた。

「言っておくが、おきん。俺に脅しは通用しないぞ。お前もその証文を手に入れた時から、全額手に入るとは思ってもいまい。うまく脅せば手に入るが、逆に一文も入らぬ紙切れ同然の証文になることだってある筈だ。その証文は全額回収を諦めた貸し主がお前に安く譲り渡した物だからな。それを、も少し待ってみてくれと言っているのだ。理不尽な話でもあるまい。それとも何か、お前の言い分はともかくとして、奉行所に突き出しても良いのか。目に余る取り立てをした青茶婆で捕まって牢屋に放り込まれた女もいるぞ」

弦一郎は脅した。借金はした者の方に非があるのは間違いないが、ここでおきんに騒がれては、立て直しの妙案も浮かばぬというものだ。

「ちっ、脅しをかける用人なんて初めて会ったよ。内藤家に傷がつくんじゃござんせんか」

「言っておくが、俺は渡り用人だ。いつ暇を出されてもいい身分だからな」

弦一郎は笑った。

「負けた。ここは一番、旦那にゆずるしか手がないようだ。ですが旦那、いつかこの借りは返して貰うよ」

おきんはそう言うと、にやりと笑みを返して帰って行った。

「弦一郎、すまぬ」

声の方に振り返ると、辰之助が立っていた。

「これは若殿」

「そこの帳簿を調べ上げたら私に報告してくれぬか」

「承知しました」

弦一郎が頷くと、辰之助は軽快な足音を立てて奥に向かった。

弦一郎の胸に喜びが駆け抜けた。

この日は終日これまでの金の出入りを丹念に拾ってみた。

それによると、内藤家の領地である葉山村には大百姓小百姓合わせて四十一軒、そこから上がって来る年貢は二百石、金にして二百両である。

ところが、ここ数年不作が続いて二百石の年貢が百八十石という年が二年続けてあった。

一方支出はというと、まず無役である内藤家は小普請金が年間六両、亡くなった用人小池の給金が年六両、その他の使用人が、若党二人、中間四人、下男が二人で年間九両、そして女の使用人の分が、奥の女中以下六人で十三両二分、薪炭などが八両、塩醤油味噌魚野菜などで二十五両、殿様奥様若殿の衣料が十五両、小遣いが三人で二十両、贈答その他が五両、先祖の祭礼などの予備費が十両、殿様の薬礼が三十両、そして積もり積もった借金の返済が利子込みで毎年八十両ほど支払っていて、他にも寺や神社などへの寄進としての出費もあり、支出額は二百両を優に超えていた。

不足の分は、年貢米を買い取って貰っている札差しから、さらに金を借りるという繰り返しを続けていた。

だから借金の総額は年間の収入額を超えていて、現在二百六十両ほどが焦げついていた。

その上に、青茶婆がいう辰之助の借金三十両近くがある。

内藤家は破産寸前だと思った。

弦一郎は大きなため息をついて帳面を閉じた。

――これでは俺の手当など見込めぬ。

御府内の商人たちは、一日にして千両を稼ぐと言われているご時世である。大店の使用人なら手代でも年間百両、五十両と稼ぐと聞く。

弦一郎は強い疲労感に襲われていた。

浪人とはいえ弦一郎は武士の端くれである。

目の前のこの武家の惨状を見て、今更放って置ける訳がない。

焦げついた借金をなんとか出来れば、内藤家の再生は可能だと思った。

むろん支出の額を抑えることも肝要だが、辰之助が件《くだん》の息女と祝言を挙げれば、息女が持参した金で、焦げついた借金も何とかなるやも知れぬ。

内藤家は全く道を閉ざされたとは言えまい。

――おや。

弦一郎は帳面に挟んである紙片を見つけて取り上げた。

先の用人小池の走り書きのようだった。

それによれば、葉山村には新田があり、まだ年貢を課してない生糸の生産があるのだと記してあった。

――そうか、小池という用人は、このことで葉山村に出向いたのだと弦一郎は察した。

小池の走り書きが本当なら、いずれ葉山村に出向かねばなるまい。

しかし、それにしても家計の再生のめどをきちんとつけてからだと考える。やみくもに村にかけ合っても、村人は百姓虐めとしかとらないのではないか……。

弦一郎が腕を組んだ時、

「御用人様、お客様が玄関でお待ちでございます」

年老いた下男の升吉《ますきち》がやって来て言った。

「客人の名は？」

「それが、岡っ引の鬼政だと申しております」

「鬼政……」

「はい。こちらにお通しいたしますか」

「いや、いい」

弦一郎は手を挙げると玄関に向かった。

五

「弦一郎の旦那、この店です。このあたりにある料理茶屋では結構評判のよい店でして」

内藤家から弦一郎を案内してきた鬼政は、元町《もとまち》の『花房』とある店の前で立ち止まると、弦一郎を振り返った。

「ふむ」

弦一郎も立ち止まって、黒塀をめぐらした華奢な格子戸の二階屋を見渡した。

まもなく六ツ（午後六時頃）の鐘が鳴る夕暮れ時、辺りには、扇子を片手に女連れで茶屋に繰り込む旦那衆や立派な身なりの武家たちの姿が、掛行灯の光の中を往き来する。

しかも、遠く近くに大川で上げる花火の音が聞こえていて、ここはいかにも別世界、借金の返済だの、お家がどうなるなどという世界ではない。恵まれた人たちの遊興社交の場所だった。

「確かにここにお美布がいるのか」

「へい、女将に確かめてあります。話は通してありますから……」

鬼政は先に立って格子戸を開けた。

「女将にな、鬼政が来たと伝えてくれ」

出てきた女中に鬼政が伝えると、すぐに二人は奥の小座敷に案内された。

女中は茶を運んで来ると、

「お美布さんはお客様と船で花火見物に出かけております。しばらくお待ちくださいませ」

と言う。

二人は空き腹に茶を流し込み、お美布の帰りを待った。

庭の一角にある石灯籠に点した明かりが、周りの前栽をおぼろに映し出している。

弦一郎はぼんやりとして、心許ないその景色をながめていたが、

「いつからここに勤めているのだ」

鬼政に顔を向けた。

鬼政は、たばこ盆を引き寄せて煙管《きせる》を咥《くわ》えていたが、大きく煙を吸い込むと、煙管の首を盆の縁に打ちつけて、

「女将の話では今年に入ってからと聞いていますがね」

手際の良い手つきで、煙管を筒に仕舞いながら弦一郎に言った。

「すると、内藤家を出てすぐという訳ではないな……」

弦一郎は独りごちた。

「その辺りは調べておりやせんが、田舎から出てきて一度この江戸で暮らせば、なかなか昔の暮らしに戻るのは難しい。帰るに帰れずあちらこちらの店で働いているうち

に、足を踏み外す娘が多いんでございますよ。お美布と若殿との間柄がどれほどのものだったか知りやせんが、ままならぬ身を嘆き、それでその気持ちをいやそうとして、男相手のこのような店に勤めたのかも知れやせん。贅沢をせず、静かに暮らそうと思えば、他に職は幾らでもありやすからね」

鬼政が、人の心配を駆り立てるようなことを言った時、廊下に足音が立ち、部屋の前の廊下に色の白い女が膝をついた。

「お美布でございます」

両手をついて挨拶をすると、女はするりと部屋の中に入って来た。

夜目にも映える退染《あらぞめ》の着物を着ている。お美布は、敷居際に正座すると、

「お待たせを致しました。私に何をお聞きになりたいのでございましょうか」

黒目がちの目で、弦一郎を見て、鬼政を見た。

「いや、お前さんに用があるのは、こちらのお武家様だ。片桐様とおっしゃる。内藤家の御用人だ」

「内藤家の……」

お美布は驚いたように口ごもった。

「怖がらずともよい。用人といっても俺は期限を切っての渡り用人、難しい話で参っ

たのではない。また、そなたをどうこうしようというのでもない。内藤家の用人を務めるにあたってそなたのことを知ってな。少し話を聞きたくて参ったのだ」

「……」

「他でもない。若殿、辰之助殿のことだ」

弦一郎が若殿の名を出した途端、お美布ははっとして俯いた。

「若殿はそなたが屋敷から黙って姿を消したと、血相を変えて捜していてな。そなただから隠さず申すが、そのためにあちらの店こちらの店で金を借りた。そなたへの気持ちはわかるが、今はお家の大事、慎んで頂かねばならぬ。それでそなたを、この者に頼んで捜して貰ったのだ」

弦一郎は、伏せている白い顔に言った。

「どうか若殿様には、私がここにいることは内緒にして下さいませ」

お美布は小さい声で言った。だが、顔を上げると、

「私、殿様と約束したのです。二度と内藤家には近づかないと……田舎に帰って静かに暮らすと……そういう約束で殿様からお金も頂戴しておりますので……」

「田舎には帰らなかったのか」

「帰りました。でも……田舎の暮らしは貧しくて、私がこうしてこの江戸で働いてお

金を送らないと食べてはいけないのです」

「殿様から頂いた金では凌げなかった、そういうことだな」

「家には借金がありますから」

「そうか、それほど田舎の暮らしは大変なのか」

「はい。私の家は小百姓です。父も母も亡くなりまして兄夫婦が田畑を耕しておりますが、ここ数年の不作で年貢も名主様からお借りして納めております。それに、兄夫婦の子供たちもまだ幼くて……」

「そういう事情なら、内藤家の仕打ちを恨んでおろうな」

「いえ、感謝しています。私、本当なら殿様にお手討ちになっていたかも知れませんもの」

「何……何があったのだ」

「昨年の夏の頃でした。内藤家では天候を見計らって蔵の物を虫干しいたしますが……」

お美布は顔をこわばらせて言った。

内藤家は開府当時から徳川家に仕えていた家臣で、五百石を賜った時に、狩野《かのう》派の絵師が描いた墨絵の布袋図の掛け軸を神君家康公から下賜《かし》されて、家宝としていた。

むろん、その他にも鎧《よろい》や武具、茶道具や蒔絵《まきえ》を施した品々など蔵の中は貴重品ばかりで、当日は奥女中の若尾の指揮で、神経を張りつめた一日を過ごすことになる。女たちは着物の裾を短く着て、襷《たすき》をかけ、裾や袖が諸道具に当たって傷つけたりしないように、細心の注意を払うのであった。

先年までお美布は、蔵から宝物を出した後の、蔵の中の掃除を任されていた。ところが昨年は、諸道具の埃《ほこり》を払ったり、日の陰りを見て道具を箱におさめるお役も言いつけられた。

その年の春から奥方に認められて奥女中に昇格していたからである。

若尾は念を入れてお美布に言った。

「よいな。何度も申すが、砂一粒の傷もつけてはならぬ。もしも粗相をして大切なお宝に傷をつけたならば、そなたの命を差し出したところで済むものではない。お家断絶の憂き目をみるやもしれぬ」

若尾は、特に掛け軸は大切な物だから、終日掛け軸から目を離してはならぬ。側に座って監視せよという。

お美布は縮み上がった。

当時は奥の女中がお美布を入れて三人いたが、他に下女中が三人、それに蔵の物を運び出したり仕舞い込んだりする時には、用人や若党中間たちが加わった。

とにかくこの日は、家の奉公人は総出で当たったのである。

蔵から道具を出して日陰に干し、蔵の中を掃除したところで昼食となった。

だがお美布一人は、掛け軸を干してある廊下で下女中が運んでくれた握り飯を食べた。

掛け軸は廊下の柱に垂れ下げて虫干しをしていた。

のどかな日和で風も弱く、掛け軸は時折小さく左右に揺れていたが、お美布はそれを見詰めている内に睡魔に襲われた。

緊張のしっぱなしで、ほっとしたのかも知れない。お腹も膨れていたから、それもあったのかも知れないが、ほんのしばらくうとうとしてしまった。

はっとして目を開けたのは、猫の声を聞いたからだった。

「あっ」

目を開けたお美布は真っ青になった。

黒猫が垂れ下がった掛け軸の裾を前足で引っ掻いていた。

掛け軸が小さく揺れるのにじゃれついて、手を出したのだ。

「しっ！」

お美布は慌てて追いやると、掛け軸に駆け寄った。

布袋の絵に傷はなかったが、画紙の裾にかすり傷があった。

「ああ……」

お美布はそこに泣き崩れた。

若尾が戻って来れば、謝って済むことではない。

お美布は顔を上げると庭に下りた。そうして掛け軸に向いて正座をすると、静かに息をして、懐剣を抜いた。

自害して詫びるほか方法はないと思った。

——せめて自分が死ぬことで、内藤家がこうむる汚名は軽くなるかもしれない……いや、そうなってほしい。

お美布は祈りながら目をつむり懐剣を喉に当てた。

だがその時、

「待て！」

お美布の腕を強い力で鷲づかみにした者がいる。

「馬鹿な真似は止めろ」

若殿辰之助が、お美布の手から、懐剣を奪っていた。

「若様」

「猫が引っ掻いたくらい何だというのだ。これは傷という程の物ではない」

「でも」

「大事あるものか。いざという時には俺が若尾に言ってやる。猫は俺が拾って来た。その猫がじゃれただけだとな。それで良かろう」

「……」

「いいか。こんなことで命を絶つなどと馬鹿げている。そうとは思わぬか。早くこれをしまっておけ」

辰之助は、お美布の手に懐剣を渡したのである。

「若様……」

「約束しろ。このことで命を粗末にしないとな」

辰之助は優しい笑みを湛えて、お美布を見た。

「片桐様」

お美布はそこまで話すと、熱い目を弦一郎に向けた。

今でも思い出せば体が凍りつくような経験だったが、辰之助の温情を思い出した時、お美布の胸には赤い灯が点るようである。

──辰之助もそうだが、お美布も辰之助を慕っている。

弦一郎は、そう確信した。

しかしお美布は、

「若殿様のご温情、私は忘れません。でも、若殿様とはそれきりで、お屋敷の皆様が案じていらっしゃるようなことなど何もございません」

きっぱりと二人の仲を否定した。

「しかし、そなたはそうでも若殿は違うらしい。周りの者はそれを感じたからこそ縁談が持ち上がった時、暇を出されたのではないかな」

「………」

「ずっとここで働くつもりか」

「はい、他に行くあてもございませんし」

お美布は小さく笑った。

弦一郎は、わざわざお美布の居場所を捜し当てて、会いに来たことを後悔し始めていた。

お美布に会って若殿のことは諦めて欲しいと引導を渡すつもりだった。だが、目の前にいるお美布は、辰之助への思慕を心の奥に閉じこめて、必死に暮らしているのである。

「お美布、自分を見失うことのないようにな。そのうちに若殿には、ここで元気に暮らしていると伝えておこう」

「いいえ、どうぞもう、放っておいてくださいませ。私も内藤家にご奉公していた者、内藤家の事情は心得ています。私は遠くから若殿様のお幸せをお祈りしております」

お美布は何処までも健気《けなげ》だった。


弦一郎が鬼政と座敷を後にしたのはまもなくだった。

二人を座敷に案内してくれた女中が、客がお美布を待ちかねていると告げに来たからである。

——おや……。

玄関に向かう廊下を渡りながら、弦一郎は離れの座敷に入って行く武家の客二人を見て立ち止まった。

「旦那、どうかしましたか」

鬼政が怪訝な顔を向けてきた。

「いや、人違いかも知れぬ」

弦一郎はそう言ったが、座敷の中に消えた二人の武家は、神田川に架かる和泉橋の袂で、雨の日に、履き物問屋浜田屋の手代房吉を手打ちにしようとした、あの男たちだった。

北町の与力神尾が不良侍だと名指した、関根貞次郎と城田友之助に違いなかった。

俄に嫌な予感に包まれた。

――まさかとは思うが……。

一抹の不安を抱いて店の外に出ると、

「お待ちくださいませ」

先程お美布を呼びに来た女中が追っかけて来た。

「私、お常《つね》と言います。お美布さんとは気があって何でも話し合う仲なんですが、お美布さんのことで聞いて欲しいことがあります」

真剣な顔をして言った。

「わかった、話を聞こう」

弦一郎は頷いた。

「女将さんに少しの間、時間を頂いて来ました。すぐそこの、両国橋の袂に水茶屋があります。そこでいかがでしょうか」

お常は、はきはきした娘だった。

三人は連れ立って、お常がいう橋袂の水茶屋に入った。

隅田川は川開きをして久しい。たいそうな賑わいである。

鉦や三味線を鳴らして往き来する屋根船や屋形船は言うに及ばず、様々な船が明々と灯を点して、これも負けじと賑々しい。

三人が腰掛けた茶屋からも、そういった光景は楽しめる。

だがお常は、そんなことには見向きもしないで、弦一郎の顔をまっすぐに見詰めて言った。

「私、悪いと思ったのですが、お美布さんがお武家様に話していたことを隣のお部屋で聞いてしまいました。お美布さんは嘘をついています」

「ほう……」

「お美布さんは若殿様を本当にお慕いしているのです。私と若殿様の話をする時はいつも辛そうな顔をして、目にいっぱい涙を溜めて……でも、若殿様とは天と地ほどの身分の差があります。それをわかっているからこそ、好きでも何でもなかったんだと自分に言い聞かせているんです」

「……」

「若殿様は殿様に、妻にするのなら美布しかいないとおっしゃったのだそうでございます。それでお美布さんは殿様から暇を出されたのだと聞きました」

「……」

「それで、お美布さんは葉山の田舎に帰ったのですが、口減らしのために売られてきたんだって言ってました」

「売られて来た……すると、ここには誰かが連れて来たのか」

「連れて来たのは女衒《ぜげん》の人らしいけど、花房という綺麗な店で働けばお金になると言い、田舎まで行って兄さんに耳打ちしたのは、お武家の関根様だと聞いています」

「それはまことか、間違いないな」

弦一郎の胸に新たな疑惑が点じていた。

「はい」

お常はそれを察知したのか、不安な顔で頷いた。

「いやなに……先程離れの部屋に入って行く武家二人を見て、どこかで見たことがある者たちだと思ったのだが、やはり関根だったのか」

弦一郎は暗い気持ちになっていた。あの二人が親切心で働き場所を世話する筈がない。

「関根はよく来るのか」

「はい。いつもお美布さんをご指名です。お美布さんにお客様を紹介して下さるのも関根様ですから、お美布さんは有りがたがっていますけど、なんとなくですが恐ろしいような気がして……」

「旦那、聞けば聞くほど妙な話ですね」

黙って聞いていた鬼政の目が光る。

「私、お美布さんが関根様にどうにかされてしまうのではないかと心配なんです。売れっ子の仲居の中には、しまいに誰かさんのお妾さんにされてしまう人もいますから、お美布さんがそんなことになってはと、それで……」

「わかった。なにかあったら知らせてくれ。この鬼政に知らせてくれてもいいぞ」

弦一郎は言い、内藤家の所と、念のために自分の長屋と鬼政の店も教えた。

六

内藤家の空気が変わった、と弦一郎が感じたのは、借金先の札差『倉田屋』に利子の軽減を求め、以後の返済も緩やかなものにして欲しいと申し入れをし、約束を取りつけた頃だった。

それまで内藤家は、年率一割二分の利子を支払うために元金の返済が滞り、しかも不作の年には新たな借金をするために、年々雪だるま式に借金の額は増え続けていたのである。

弦一郎はこれを、向後三年間は無利子、その後は一割の率にして欲しいと申し出た。

倉田屋はむろんすぐには首を縦に振らなかった。

その背景には、噂で聞く若殿の放蕩があったのである。

「若殿は変わられた。今年の秋には本多将監様の御息女との縁談も調う。そうなれば舅《しゅうと》殿の引きでお役につくことも叶うであろう」

弦一郎はあれもこれも強調して、ここでこちらの条件を呑んで貰わねば内藤家は破綻するがそれでも良いか、そうなればそちらには一文も入らぬぞと脅しをかけた。

結局倉田屋は、渋々だがこれを了承したのである。

驚いたことに若殿辰之助は、家の帳簿に目を通し、領地の新田の規模など父親の孫太夫に聞いたりして、その姿勢には明らかにこれまでとは違ったものが見えていた。

「片桐殿、そなたのお陰です。殿様もほっとなさっておられますぞ」

用人部屋に若尾が押しかけて来て言った。

「いや、これからです。殿様の薬礼は別にして、ご家族の衣服代、お小遣い、全て切りつめていただかねばなりませぬ」

「そのことですが、若殿が今朝奥様とお話し合いになりまして、承知いたしております」

「ほう……」

弦一郎の顔が思わず綻んだ。

料理茶屋で働いているお美布のことも、機を逸してまだ辰之助には知らせていなかった。

健気なお美布のために、いつかは二人を会わせてやりたいと弦一郎は考えていたのである。

辰之助はお美布のことは忘れたように、家計の立て直しに躍起になっている。かつての悪友たちとも縁を切ったとみえ、外出はしなくなっていた。

「御用人、客人です」

若尾が笑みを残して去ると、若党の三平が顔を出した。

「客人？」

「花房とかいう料理茶屋のお常という娘です」

三平は、にやにやして言った。

「何を勘違いしているのだ。そういう話ではない」

弦一郎は立ち上がった。

「そういえば、先程は若殿に使いが参りまして」

「若殿に？」

「関根とかいう人からの手紙を持って来たのですが」

「何、それを若殿に渡したのか」

「はい」

「で、若殿はどうされておるのだ」

「お出かけになりました」

「どちらに参られた」

「わかりません。何もおっしゃいませんでした」

――しまった……。

弦一郎は嫌な予感に襲われた。

――お常がやって来たことと何か関連があるのかも知れぬ。

弦一郎は玄関に急いだ。

「片桐様、お美布さんをお助け下さいませ」

お常は、弦一郎の顔を見るなり言った。

「何があった」

「お美布さんが関根様から呼び出しを受けたんです」

「いつのことだ」

「今日です。暮れ六ツに柳橋にある船宿『月の屋』に来るようにって」

「お美布は行くつもりなのか」

「はい。断れないと言うんです。花房に紹介してくれたのも、お客様からの指名をたくさん貰えるのも関根さんのお陰だって言うんですもの。でも私は、関根様が乾物問屋の若旦那と昨日こそこそ話しているのを見ていましたから、何か恐ろしいことが起きるんじゃないかって心配で、だって、若旦那は何度もお美布さんに妾にならないか、なんて迫っていた人なんですから」

「わかった。柳橋の月の屋だな」

弦一郎は念を押した。

月はまだ出ていない。

だが、船宿や料理屋の行灯の灯が、河岸通りを明るく照らし、神田川に架かる柳橋の南側には、大川に接する河口の辺りまで屋根船猪牙舟《ちょき》が、立錐《りっすい》の余地もない程繋がれているのを映し出している。

夜の川遊びを楽しむために、あるいは吉原やその他遊興の場所に繰り出すための船であった。

やって来た辰之助は、河岸地《かしち》によしず張りの店を出している飲み屋に入った。

「よう」

店に入ると、関根が手を上げた。微かに笑みを浮かべているが、その目には、待ち受けていた獲物を視界にとらえた時のような興奮が見える。

関根の側には城田が座っているが、こちらも薄笑いで辰之助を迎えた。

「美布を見つけたとは本当か」

「うむ、まあ座れ」

関根は目の前の椅子を顎で指した。

「しばらくだな辰之助」

関根は辰之助に盃を持たせると、なみなみとそれに酒をついだ。

自ら盃を上げ乾杯するような仕草を見せて、

「どうだ。俺たちと縁を切って屋敷で退屈してるんじゃないのか」

「美布はどこにいるのだ」

「慌てるな、これから面白いものを見せてやるぜ」

関根はくつくつ笑うと、その顔を河岸に向けた。

店から河岸は一目に見える。船に乗る船頭や待合いの客が、ちょっと酒を片手にその時刻を待つ、そういう店だから河岸に浮かぶ船全体を見渡せるようになっている。

特に三人が座っているのは河岸側で、船がよく見渡せた。

「そこの、月の屋という提灯がぶら下がっている屋根船の中を見ていろ」

関根は言った。

辰之助は顔をそちらに向けた。

船には柔らかな光が満ちている。女の姿が見えた。俯き加減に思案顔で座り、誰かを待っているようである。

ふわりと女が白い顔を上げ、河岸通りに視線を投げた。

「美布」

辰之助は驚いて腰を上げた。

「待て、動くな」

関根が小さな声で一喝した。同時に辰之助の腕は城田の腕に強い力でつかまれていた。

立ち上がろうとする辰之助を、身動き出来ないようにしたのである。

「何をするんだ。放せ」

「いいから見物しろ」

関根が怖い顔をして言った。

河岸に、月の屋の法被《はっぴ》を着た若い衆が、一人の客を案内して来た。どこかの若旦那のようである。

淡い青の鮫小紋の羽織を長く着て、暑くもない季節なのに手には扇子を持っている。

若い衆は、船に若旦那が乗り込むと、店に引き上げて行った。

「あっ、若旦那」

驚いて迎えるお美布の声が聞こえて来た。

若旦那が何か口走りながら、お美布の側に座って、いきなりお美布の手を取った。

「止めてください」

お美布がいきなり立ち上がった。船が揺れてお美布が倒れ込んだ。

若旦那が覆い被さるようにお美布の体を後から抱いた。

「美布」

辰之助は、城田の手をふりほどいて外に走り出る。

関根がにやりと笑って城田に頷くと、辰之助の後を追って外に出た。

「美布！」

必死に男をはねのけようとしている美布に、辰之助は岸から声をかけた。

「若殿様……」

お美布は叫ぶと同時に、満身の力で若旦那を突き飛ばして、船の舳先にはい上がって来た。

「早く」

辰之助がその手を取って岸に上げた。

追っかけて若旦那も船から上がって来ると、

「その手を放せ。今夜は私が買った女だ」

狂乱したように叫んだ。

「何」

辰之助は驚いてお美布を見た。

お美布は激しく首を振って否定した。

「そこの、関根様から五両で買ったんだ。今晩はお美布さんも私の言うなりになってくれると約束済みだと」

若旦那はまた叫んだ。

「関根……」

自分の後にやって来た関根を、辰之助は怒りの顔で振り返る。

関根は冷笑を浮かべて言った。

「若旦那、作り話をしてはいかんな。その女はこの男のいろだ。お前は、他人《ひと》の女に手を出そうとしたのだ。ただではすまんぞ」

「何を言うんですか関根さん。あなた様がお膳立てしてくれたではありませんか」

「知らんな。武家のいろに手を出せばどうなるかわかっているな」

「関根さん、何を言っているのだ」

辰之助は怒りの目を関根に向けた。

関根はそれには答えず若旦那に言った。

「大目に見てやる。その代わり金を出せ」

「私をだましたのですね、関根様。それじゃあ美人局《つつもたせ》じゃありませんか」

若旦那は、唾を飛ばして言った。

「まあ、世間ではそう言っているらしいが……出すのか出さねえのかどっちだ。返事によっては」

関根は刀の柄に手をかけた。

「止めろ」

辰之助が、若旦那を庇うようにして立った。

「ほう、言っておくが俺はお前のために金を作ってやろうとしたまでだ」

「嘘だな。こんな非道なことばかりして、だから私はあなたと縁を切ったんだ。しかし美布が見つかった、面白いものも見せてやるからなどと使いが来て、心配しながらここに来てみたら案の定だ。まさかお美布を使って美人局をしようとは、許せん」

辰之助は関根の胸に飛び込むと、その頬をはり倒した。

鈍い音がして関根は一瞬よろめいたが、

「ふっ」

両足を踏ん張って立ち直すと、

「善人面して言うんじゃねえぜ。そもそも内藤家を追い出された、このお美布を花房で働けるようにしてやったのは俺だ。その俺に……」

関根は側にいる城田に合図を送った。

城田は刀を抜いた。

「若殿様」

お美布が叫んだ。

「離れていなさい」

辰之助はそう言うと、自身も刀を抜いた。

「死ね」

構える間もなく、城田の一閃が飛んできた。

辰之助はこれを撥ね返すと、

「逃げろ」

お美布に叫んだ。

だが、踵《きびす》を返したお美布の前に走り込んだ関根が大手を広げて立ちはだかった。

「関根様」

「純情面して何だ。若旦那のいいなりになっていれば良かったものを……」

関根は冷たく笑った。

辰之助が剣を城田に構えたままで、お美布に近づいてその手を取った。

「逃げるぞ」

一瞬お美布に視線を流したその時、いきなり関根が抜刀して斬りかかって来た。

「危ない」

辰之助は、お美布を突き放してその一閃を受け止めたが、関根はすぐに第二閃を斜め上段から打ち込んで来た。

「あっ」

体勢を整える間もなく、辰之助は避け損なって腕を斬られて蹲った。

「若殿様」

走り寄ろうとしたお美布の手を関根がつかまえた。

だが、その刹那、

「手を放せ」

関根の手をねじ上げた者がいる。

「お前は……」

振り仰いだ関根は、驚愕の声を上げた。

弦一郎が鬼政と鬼政の下っ引二人を従えて立っていた。

「仔細はこの目でしかと見たぞ。鬼政、しょっぴいて牢にぶち込め」

「承知」

鬼政が返事をするや、弦一郎は関根の腹に一撃を見舞った。

「神妙にしろ」

鬼政が下っ引と素早く縄をかける。

「ああ……」

後退りする城田に、弦一郎は走り寄ってぐいと睨んだ。

「お、俺は、関根さんに言われて……」

城田は剣をそこに投げた。

「手間を焼かせやがる」

鬼政が城田にも縄をかけた。

「じゃ旦那、あっしはこれで」

鬼政は、下っ引に縄を引かせて去って行った。

「若殿様」

お美布が辰之助に走り寄った。

「美布、辛い目に遭わせてすまぬ」

辰之助は、お美布の手を取った。

「いいえ、若殿様のせいではございません。私の不注意でございます」

「屋敷に帰ろう。父上には私から頼んでみる」

「いいえ、私は花房に戻ります」

「ならぬ。私と一緒に帰ってくれ」

「若殿様、申し訳ありません。お気持ちは嬉しいのですが、私にはお屋敷に上がる前に二世を誓ったお人がいたのです。その人の気持ちを裏切る訳には参りません。どうぞ、若殿様も奥方様を迎えられて、お幸せにお暮らし下さいませ。美布は、美布は、遠くから若殿様のお幸せを祈っております」

お美布はそう言うと、袖で顔を覆って走り去った。

「美布！」

追いかけようとした辰之助の腕を、弦一郎がつかんでいた。

「放せ弦一郎」

「若殿、お美布の気持ちがわからぬのですか」

「弦一郎……」

辰之助は、弦一郎の顔を見た。

弦一郎は言った。

「健気にも内藤家の行く末を案じているのだ。俺に言えることは、一刻も早く若殿がお家の家計を立て直すことだ」

「しかし……」

「案ずるな。お美布はその時が待てぬ女子ではない」

弦一郎は、辰之助を見詰めて頷いた。

「頼む、弦一郎」

辰之助は頭を下げた。

だが、その顔には強い決意が現れていた。

第二話　こおろぎ

一

通油町の古本屋大和屋に内職の仕事を納めた片桐弦一郎は、その帰りに遠回りをして薬研堀《やげんぼり》に回ってみた。

場所は両国広小路の西、米沢町《よねざわちょう》二、三丁目の西隣一帯である。昔御米蔵があり、その蔵に米を運び入れるための掘割があった所だ。

この掘割が、漢方で生薬を粉末にするための細長い舟形の金属製の器具、薬研に似ていたことから、その名がついた。

今はその米蔵が他所《よそ》に移転したことから、一部が埋め立てられて町地になり、両国近くということもあってか大変な賑わいを見せている。

特に毎月二十八日は薬研堀不動尊の縁日で、御府内でも一、二をあらそう植木市が催されていると聞く。

弦一郎はそれを、ちょいと覗いて見る気になったのである。

これまで弦一郎は、安芸津藩上屋敷にいた折には仕事を覚えるのに必死であったし、浪人になってからは職探しに忙しく、気散じに寺参りをし、風景を楽しみ、あるいは草花を愛でる余裕もなかった。

だが、曲がりなりにも、ようやく仕事につくことが出来た。難題は抱えているものの、気持ちの中には新しい何か、漲《みなぎ》るようなものを感じている。

それが心のゆとりを取り戻したのか、植木市の見物に心が動いたのであった。

縁日には書画骨董の市や会も開かれていて、結構な目の保養になると聞いていた。

しかし弦一郎には、書画や骨董も結構だが、生まれ育った安芸津の田舎の暮らしを思い出せる緑の木々を懐かしむ気持ちがあった。

まっすぐに植木市の開かれている一角に足を踏み入れた。

一角といっても広い。片方の広場には庭木の苗木が並べてあるし、もう一方には、何段もの棚が設《しつら》えられており、そこには大小の盆栽が斬新な枝ぶりや緑の葉を見せて鎮座していた。

楓《かえで》、竹、紅葉《もみじ》、さつきなど、国元の山で見た木々が盆栽となって並べられているのには、親しみを感じて気持ちも和んだが、松の盆栽の棚の値段を見て驚いた。

値の張る盆栽は百両、二百両、三百両と高値がつけてある。

こんな高価な盆栽を求めるお大尽《だいじん》もいるものだとため息をついていると、右横手で何度も大きなため息をつく者がいた。

その、ため息があんまり未練がましかったので、ひょいと盗み見して驚いた。

「鬼政……」

弦一郎が声を発すると、

「これは旦那」

鬼政は、きまり悪そうに笑って弦一郎に頭を下げた。

「はあ、はあ……と何度もため息をつく者がいると思ったら、お前だったのか」

「いやあ、お恥ずかしい。あっしの楽しみは盆栽一つでございやして、安物の盆栽を手に入れては、丹精込めて育てているんですが、こうして立派な盆栽を見せていただくと、やっぱり欲しくってねぇ……だけどもあっしなどには手が出ねえや」

「いったいどれを気に入っているのだ」

「へい、そこの松の盆栽です」

鬼政が指したのは、小振りだが、左右の枝の張りの見事な松の盆栽だった。三両の値がついていた。近くに並べられている一際高額な盆栽に比べれば安い。だが、長屋暮らしや、一般の者がおいそれと手を出せる金額ではなかった。

「鬼政、諦めるしかないな」

盆栽から視線をはずして鬼政に目を向けると、

「わかってます。しかし旦那、一度でいい。金に糸目をつけねえで、気前よく好きな盆栽を買いてえものでございやすよ」

「まあな。しかし物は考えようだ。欲しい欲しいと思う物がある方が幸せじゃないのか。金を出せば何でも手に入るというのも、どうかな」

「旦那のおっしゃる通りでございます。帰りやしょう。帰っていっぱいどうですか旦那」

鬼政は指で盃を作って飲む真似をした。

「いや、それは出来ぬ。内藤の屋敷に一度戻らねばならぬ。しかしそこまで一緒に参ろう」

二人は肩を並べて歩き出した。

まぶしいほどの白い光が、行く手に降り注いでいる。

もうすっかり夏の気配であった。

「それはそうと旦那。関根貞次郎と城田友之助でございやすが、先ほど重追放《じゆうついほう》とお裁きが下りました」

「重追放か……これで美布もあ奴らの餌食《えじき》にならずにすむ」

「へい。しかしやっぱりあの二人、若殿とお美布の仲はお終《しま》いなんでございますかね。なんだか可哀想な気が致しやす」

「今度の結末は若殿も苦しい決断をせざるを得なかった。本心ではあるまい。父親である殿の意志と、内藤家の実情を慮った美布の気持ちがああさせた。ゆくゆくは二人の気持ちが実を結ぶこともあるやもしれぬが、今は若殿はそれどころではないからな」

「すると旦那、青茶婆の方はまだ返済のメドが立ってないんでございますね」

「これからだ。あの婆さんは三日に上げず催促に来る。たいした女だ」

「相手の挑発に乗っちゃ駄目ですぜ旦那。こっちが嫌な顔をすればするほど、ああいう催促屋は喜ぶんですからね、どうしようもねえ奴らですよ。かと言って、余程のことがない限りあっしたちも手は出せねえ。どちらかというと、返済のメドもないのに、金を借りた方に非があるんですからね」

「そこだ。何とかうまい手立てはないものかと考えているところだが……」

弦一郎はため息をついた。

すると鬼政は、

「相手の弱みをつかめば、駆け引きもこちらが強気に出られるというものです。おきんでしたね、婆さんの名は……旦那、ひとつ調べてみましょうか」

思いついたような口調で言い、行く手に行き交う人の流れに目を遣った。

「いいのか……お前が引き受けてくれるというなら有りがたい話だが、いや、本当のことを言うと、お前に頼もうかと考えたこともあったのだが……」

「旦那、水臭いことをおっしゃらないで下さいまし。わかりやした。そういうことでしたらお手伝い致しやす。おきんのような輩はなんらかのキズを脛《すね》に持っているものです、手間はいりやせんや。じゃ、あっしはここで……」

鬼政はにやりと笑って、すっと弦一郎から離れて行った。

弦一郎は正直ほっとして見送った。

内藤家が正規に借りた大半の借金は、札差しの倉田屋に乗り込んで話をつけた。

しかし、青茶婆にはとりつく島もなかった。人の話に耳を傾ける気持ちがない。世間体など気にしていないからである。

理屈抜きで、証文の額を払ってくれるのかくれないのか、関心はそこのみにあった。だからこちらの出ようによっては、門前に旗を立て、仲間まで呼んできて、どんちゃんやりそうな気配なのである。

しかし、今のところは青茶婆は、催促には来るものの、こちらの様子も窺っていて、極端に過激な言動はしなかった。

とは言うものの、内藤家の借金は倉田屋への返済でいっぱいいっぱいで、青茶婆への返済の予定まではたってはいなかった。

奥方の世津は、茶道具や自分の着物の一部を売り払ってもいいと弦一郎に言ったが、弦一郎は止《と》めた。

青茶婆の借金の返済の為に、世津の持ち物を処分しては、のちのち辰之助の心が苦しかろうと思ったのだ。

辰之助は、なんとか家計が成り立つように知恵を絞っている。

考えに考えた末に、どうしても返済のメドが立たない場合は、知行所との年貢の突き合わせをした上で、次の手を考えてみてはどうかと、これは弦一郎一人の案である。

そんな折に鬼政の手助けは、弦一郎にとっては渡りに船、有りがたかった。

鬼政は二日も経たぬうちに、町の高利貸しの豊市《とよいち》という男から、催促屋のおきんの住まいを聞き出していた。

ただし豊市とおきんとのつきあいは六、七年も前の話で、おきんが札差しなどの大口の借金取り立てを始めた頃から縁が切れているらしい。住まいも今は変わっている筈だと、豊市は言った。

その豊市から聞いたおきんの昔の住まいは、深川の六間堀町《ろっけんぼりちょう》の裏店だった。

案の定、そこにはもうおきんはいなかった。

長屋の井戸端にいた太った女房が教えてくれた。

女房は丸い石に腰を据えて股を開き、その股にたらいを抱え込むように引き寄せて、袖を捲《まく》った太い腕でごしごしと洗い物を揉みながら鬼政に言った。

「この長屋に住んでいたのは七年前までだったかね。おきんさんは亭主の儀三《ぎぞう》さんが出て行った後、人から後ろ指をさされるような仕事をしてまで、女手一つで二人の子供を育て上げたんだからね」

鬼政をちらと仰ぎ見た。

「亭主が出て行ったとは、穏やかな話じゃねえな」

「女癖が悪かったから……おきんさんが叩き出したって噂だよ。いつの間にやら、儀三さんの姿が見えなくなってさ、私たちはそれで、儀三さんが出て行ったことを知ったんだから……」

言いながらも、その手は休まずに動いている。

鬼政は、たくましい女の腕を見ながら言った。

「いつのことだね」

「ずっと前さ、忘れるほど昔だよ。上の子の兵七《へいしち》ちゃんが十歳、妹のおわかちゃんが八歳の頃だもの……おきんさんが気の毒に思えたのは、人のそしりを受けてまで苦労して育てた子供二人から疎んじられて、縁を切るようにして家を出て行かれた時のことさ」

女は洗っていたものを固く絞ると、勢いよく桶の水を流して石の上から腰を上げた。ようやく洗い物は終わったとみえ、立ち上がると鬼政に顔を向けて話を継いだ。

「亭主の儀三さんは腕のいい錺《かざり》職人だったんだけど、夫婦喧嘩が絶えなくてさ、子供たちは父親がいなくなっても、ずっとその父親と母親の諍いを覚えていて、忘れることが出来なかったようだね。だからね……」

兵七は十三歳で簞笥《たんす》職人になるのだと言って家を出、そしておわかも十四歳で小間物屋に住み込みの奉公をするのだと言って家を出た。

「で、おきんさんは一人ぼっちになっちまった訳さ。別に奉公に子供が出るのは珍しい話じゃないけど、兵七ちゃんもおわかちゃんも家を出てから一度も戻って来たことなかったからね。奉公してたって藪入《やぶい》りがある筈だろ、藪入りには皆親元に帰って親子の絆を確かめ合うっていうのにさ、おきんさん所は誰も帰ってこないんだから」

女房はため息をついた。

「小金が出来たら出来たで苦労があるもんだ。おきんさんのように歳がいって寂しい思いをするのなら、貧乏でも賑やかなのがいいってね、皆で言ってたものさ」

女房はそんな思いを述べた後、だからおきんは寂しさを紛らわすように、仕事にのめりこんでいったようだと話してくれた。

大きな取り立てもやるようになって、おきんはますます小金を貯めたらしく、ある日突然長屋を出て行ったというのである。

「あたしゃやっぱり、おきんさんは家族皆がいなくなった家に住むのは辛かったんだろうと思うよ。あたしにこんなことを言ってたもの……この家はあまりにも思い出が多すぎる。一人で出直すためにも住まいは変えなくちゃと思ったのさ……なんてね」

「どこに行ったのか、所は聞いていねえのかい」

「ええ、この長屋の中にも借金の催促をおきんさんに受けた者もいましたからね。おきんさんのことを悪く言う人もいた訳だから……だからおきんさんも長屋の者には気を遣《つか》って、引っ越しした後でそっと蕎麦《そば》を配ったりしてね。それで皆引っ越しを知ったような案配だったから、あたしもどこに越して行ったのか知らないんだよ」

長屋の女房はそう言ったが、ちょっと考えるような表情をして視線を空に向け、すぐにその眼を鬼政に戻した。

「おきんさんは義理堅いお人でしたから、亭主が仕事を貰っていた錺職の親方にならどこそこに行きますすって話してあるかもしれませんよ」

と言った。

「親方は何処に住んでいるんだい」

「堀を隔てた隣町さ。ほらそこの、北六間堀町だと聞いてるよ。そうそう、横町にある小さな家だとか言ってましたよ。親方の名は……確か重六《しげろく》だったと思うけど」

「重六か……ありがとよ」

鬼政は長屋の女房に礼を述べると、すぐに六間堀に架かる北の橋を渡り、北六間堀町の横町に入った。

なるほど間口が一間半ほどの家に『かざりしょく重六』の看板がかかっていた。

ひょいと覗くと、土間の台には鍵、簪《かんざし》、箪笥や飾り棚の飾り金具などが見本として並べてあった。

奥の板間には白髪頭の親父さんが、鉄床《かなとこ》の上に板金を置き、木槌で打ち出しをしていた。

「とっつぁん、精が出るねえ。ちょいと聞きたいことがあるんだが、いいかね」

鬼政は土間に立っておとないを入れ、上がり框の板に斜めに腰を据えると、重六の顔を見た。

「親分がお出ましとは、あんまりいい話じゃねえな」

重六は、ぶすっとして言い、顔を上げた。頬骨の立った奥目の男で、髪が白い割には皮膚に艶があった。

「いや、捕り物の話じゃねえ、昔ここに来ていた儀三の女房おきんの今の住まいを知らねえかと思ってな」

「おきんさんの住まいだと……」

「そうだ。六間堀町から引っ越しをしたらしいが、親父さんなら行き先を聞いているんじゃないかと思ってね」

「親分がおきんさんに何の用ですかい。捕り物の話じゃねえとおっしゃいましたが……」

　重六は、疑うような目を向けてきた。

「いやなに、青茶婆をやってるだろう、おきんは」

「それが何か……確かにおきんさんは、催促屋をやってますが、何も悪いことをしている訳じゃござんせんぜ」

「そりゃあそうだが、おきんの催促が厳し過ぎるという者もいてな。少し話し合いに応じてやって貰えねえかと、まあ、そんな話だ」

「金は借りた方も悪い。そうだろ、親分。おきんさんも好きであの仕事をしてる訳じゃねえ。亭主の不始末を何度も始末してやれたのも、おきんさんのあの働きがあったからだ。それに子供も育ててあげなくちゃならねえし、あの仕事を辞めるに辞められなかったんだ」

「らしいな……亭主の居所はわかっているのか」

「わからん。どこで暮らしているのか、馬鹿な奴だ。いい腕だったのによ……真面目につとめていりゃあ、今頃はいっぱしの親方になっていたろうに。どうせまともな暮らしはしていまい。身から出た錆《さび》だがな」

　重六は、かつての弟子には手厳しい言葉を並べた。反対におきんには同情的だった。

「親分、くどいようだが、おきんさんを訪ねるのは、捕り物のご用じゃねえ、そうでしたね」

「その通りだ」

「約束してくれますかい。そうでなきゃあ教えることは出来ねえ」

重六は念を押して、ぎろりと見た。

「約束するぜ親父さん。俺の、この首賭けてもいい」

鬼政は、しっかりと頷いた。

二

「弦一郎の旦那、おきんの所ですが、錺職の重六親方を説き伏せまして、ようやく聞き出しやした」

内藤家の屋敷を退出してきた弦一郎を、鬼政は立慶橋の袂で待っていて、顔を見るなり告げた。

「さすがだな、鬼政」

弦一郎は言い、辺りを見渡した。

一杯やりながらいろいろ聞きたいと思ったが、どちらを向いても武家屋敷が続いている。酒売りの屋台一つも出ていない。

「歩きながら聞かせてくれ」

弦一郎は陽の陰りを見て言った。

川端に青い葉を広げている桜の木の影が、路に手を広げたように長く伸びている。半刻《はんとき》もすれば夕暮れが迫ってくるなと思った。

一杯やれないのなら、日の暮れるまでに神田河岸まで帰りたかった。

「へい。実はですね……」

鬼政は、弦一郎と並んで歩きながら、

「おきん婆さんの住まいは馬喰町《ばくろちょう》一丁目の横町にある仕舞屋《しもたや》のようですぜ」

ほとほと感心したような声で告げた。

「ほう、仕舞屋か、大した羽振りだな」

「へい。聞いて驚きやした。もっとも、あっしもまだ確かめてはいないのですが、おきんは用心のために犬と暮らしたいというので、裏店は諦めたんだそうです」

「一人暮らしなのか」

「家族はいるんですが、皆ばらばらになっちまって、おきんは今は一人暮らしのようでした」

鬼政は、最初に訪ねて行った六間堀町の裏店での話や、錺職の親方重六から聞いた話を弦一郎に伝えた。

「ふむ。しかし長屋の仲間にまで引っ越し先を教えないとは、婆さんはよほど嫌われていたらしいな」

「そのようです。おきんが錺職の親方重六に自分の住処《すみか》を教えたのは、どうやら別れた亭主を気にしてのことのようです」

「未練があるのか……」

「まあそういうことでしょうな。元亭主の儀三がひょっこり帰って来た時に困るんじゃないかと、おきんはそんなことを重六に洩らしていたようです」

「そうか……」

鬼政の話を聞く限りでは、いくらおきんが嫌われ者だとしても、それを切札に交渉に持ち込めるような脛の傷は見つかりそうもない。

それより弦一郎は、鬼政からの話を聞くかぎり、女癖の悪い亭主との修羅の中から二人の子をよくも育て上げたものよと、おきんに敬意さえ覚えていた。

「倅《せがれ》は兵七で、今年で二十四歳になるのか」

「へい。十三歳で家を飛び出して、本所番場町《ばんばちょう》の簞笥師長吉郎《ちょうきちろう》に弟子入りしたようです。長屋の者たちも兵七の姿を見たのは少年の頃が最後だと言っておりやしたし、錺職の親方に至っては、儀三が姿をくらましてからは、おきんから倅が簞笥師に弟子入りしたと聞いただけで、その後の話など何も知りやせん」

「ふむ。十三歳で弟子入りしたのなら、もう一人前だろう」

「そうだといいんですがね」

鬼政は奥歯に物の挟まったような返事をした。

弦一郎がちらりと視線を流すと、

「いえね、妹のおわかって娘に会ってみたのですが……」

鬼政は、歩きながら横目で弦一郎の顔を見返した。

弦一郎に報告に来る前に、鬼政はおわかの奉公先、鉄砲町《てっぽうちょう》の小間物屋『幸田屋《こうだ》』の店先に立っていた。

幸田屋は問屋ではないが、間口が四間もある結構な店構えをした小間物屋で、店先には二人の女の売り子が客の相手をしていた。

一人は十七、八の娘で、もう一人は二十歳過ぎのしっとりした娘だった。

鬼政は店に入ると、あれやこれや手に取って吟味していたが、若い娘の売り子が向

こうでお客の応対を始めたのを見て、

「兵七の妹さんかね」

鬼政は、手にある鼻紙の値段を聞く振りをして、年嵩の売り子に聞いてみた。

「はい……」

娘は怪訝な顔で頷いた。兵七の妹おわかに間違いなかった。

だが鬼政は、おわかの名前は出さなかった。名前まで知っているとなると、相手は不審がる。

捕り物の調べなら強引に聞き出すが、この話はそうではない。警戒心を相手に持たせない心配りがいる。

「兵七さんは元気でいるのかい。もう箪笥師として一本立ちしたんだろうね」

優しく聞いた。

「あなたは……なぜ兄さんのことご存じですか」

おわかの顔が、瞬く間に強ばっていく。

「昔の知り合いだが、今も番場町かい」

鬼政は、おやと気になったが、それには気づかない顔をして、さりげなく聞いた。

「いえ」

おわかは首を横に振って否定した。そして小さな声で、

「あの、兄さんに何かご用でしょうか」

鬼政を十手持ちと見たのか、おずおずして聞いた。

「なに、昔うちの箪笥の飾りを直して貰ったことがあってな。その時、妹が鉄砲町の幸田屋さんに奉公に出たとかなんとか言っていたのを、今ふと、この店の前を通りかかって思い出しやしてね。それで、また引き出しの具合が良くねえものだから、修繕を頼めねえものかと……妹さんがいたら兄さんの近況を尋ねてみようと思ったのさ」

「それはありがとうございます。でも今は兄さん、もうあそこにはおりません」

「一本立ちしたんだね」

「いえ……今は別の仕事をしていますので……」

おわかは、困った顔で曖昧な返事を返してきた。

「おわかさん、すみません、ちょっと……」

その時、向こうから客の相手をしている娘の売り子が呼んだ。

おわかは、鬼政に会釈して向こうに行った。

——兄のことには触れられたくないらしいな……。

鬼政は、嫌な話から解放されたように自分の側を離れて行ったおわかの姿を見送っ

て、それで店を後にした。

岡っ引とはいえ、何かの事件で聞き込みをしているのではない。

そこは一線を引いた聞き込みとなる。

しかし、店を出た鬼政は幸田屋を振り返って思った。

――兄の兵七に、おわかを不安にさせるような何かが起こっているに違いない。

鬼政はそこまで報告すると、

「弦一郎の旦那、おきんの子供たちへの調べは、まだそういう所です」

鬼政は言った。

「手数をかけたな、鬼政」

弦一郎は立ち止まって、鬼政に礼を述べた。

「旦那……」

「おきんの家には俺が行ってみる」

「じゃ、あっしは兵七を当たってみますが、今日のところはこれで……」

鬼政には、本業の岡っ引の仕事に急ぎの用が出来たとみえる。にこりとして手を挙げると、暮れていく街角に消えて行った。

——善は急げということもある……。

鬼政と別れた弦一郎は、内藤家のやりくり算段を歩きながら考えているうちに、せめておきんの家を確かめてから家に帰ろうかと思うようになっていた。

弦一郎は今日、辰之助が中間や下男を使って、屋敷の裏手に畑を作り始めたのを見てきている。

内藤家の屋敷地はおよそ六百坪ほどある。

その裏手の一角に、今まで下男が野菜を細々と作っていた場所があるが、辰之助が新しく畑にするために土を起こしていたのは、その野菜畑の隣五十坪ほどの土地だった。

弾んだ声が用人部屋まで聞こえて来て、それで弦一郎は庭下駄を突っかけて裏手に回ったが、そこで繰り広げられている光景を見て驚いた。

あの辰之助が襷がけで野良袴《ばかま》を穿《は》き、陣頭指揮を執っていたのである。

「若殿、野菜畑を増やそうというのですか」

目を丸くして弦一郎が聞くと、

「弦一郎、何を栽培すると思う……」

辰之助は楽しそうに笑って、

「教えてやろう。ここで牡丹《ぼたん》の花の栽培をやる」

無邪気な子供のような顔が弦一郎を見返した。

「牡丹ですか。牡丹は厄介で素人《しろうと》の手に負えないといいますぞ」

「案ずるな。中間の与吉《よきち》が村で牡丹の栽培をしていたと言うのだ」

「与吉が……」

弦一郎は、仲間と懸命に土を掘り起こしている中間に目を遣った。

「与吉」

辰之助が呼ぶと、

「はっ」

与吉は急いで走って来て、辰之助の前に跪いた。

「弦一郎が案じているぞ。お前に牡丹の栽培が出来るのかとな」

辰之助は笑って言った。

「はい、葉山村では畑の隅で栽培しておりました。まだ新しい品種を作ることは出来ませんが、従来の花種を栽培するのでしたら何とか、市場に出せるまでに育てることが出来ます」

自信ありげに言うのであった。

「牡丹の花は、一鉢何両とか五十両とか百両とか値がつくらしいじゃないか。それで始めてみる気になったのだ」

辰之助は、屈託のない顔で言った。

旗本屋敷の敷地が広いのは、たとえ下級の旗本といえども馬の一頭も飼い、訓練をし、自身も弓矢を射る習練をし、いざという時の為に備えなければならなかったからである。

ところが世は太平、近年では下級旗本で馬を飼っている者はいなくなった。

餌代、世話をする奉公人への手当などを考えると、財政上飼うことが出来なくなったということである。

内藤家もご多分に漏れず馬は一頭も飼っていない。

つまり、そういう直参としての気概を忘れるべからずという建前から、拝領した土地を御家人のように、内職をするために耕していたと知れれば、人の誹《そし》りを受けるやもしれぬ。

しかし辰之助は、そんなことには頓着なかった。家計の現実を知り、その難問題を解決するためには、なりふり構ってはいられない。

領地の百姓たちばかりに苦労はさせられぬと、気取ることなくすらりと言ってのけたのである。

弦一郎の心に熱い風が吹いた。

たとえ仕事の報酬が得られないとしても、辰之助に助力してやりたいと思ったのは、この時だった。

そのためには、青茶婆おきんの催促を、弦一郎が一日も早く決着をつけてやらなければならぬと思った。

秋の米の収穫を待つまでもなく、おきんが貸し主から証文を買い取った額をつかみ、おきんが損をしない程度の金額で手を打ってもらうことは出来ないものか、それが弦一郎の辿りついた考えだった。

弦一郎は神田河岸まで戻ると、家に向かわずに和泉橋を渡って、鬼政に聞いていた新しいおきんの住まいがあるという馬喰町に入った。

六ツの鐘が鳴り、商家の続く大通りは、俄に店先に施した行灯の灯で明々と照らされていた。

横町に入るとそろそろ小商いの店などは仕舞いはじめた所もあったが、八百屋がまだ店を開けていた。

弦一郎は、その八百屋の女房から、おきんの家を聞いたのである。

「すぐそこだよ」
八百屋の女房は、三軒先の仕舞屋を顎で指した。
その家からは、激しい犬の鳴き声が聞こえていた。
――誰かが訪ねてきているのか……。
弦一郎は注意深い目を、その家の玄関先に走らせながら近づいた。
――おやっ……。
弦一郎がその家に近づいた時、仕舞屋の格子戸ががらりと開いた。
若い男が外に出て行こうとして戸に手をかけたようだった。
弦一郎はとっさに物陰に身を隠した。
注意を払いながら、おきんの家の玄関に視線を投げる。
「兵七、お待ち」
追っかけて出てきたおきんの声に、男は向き直った。だが、吐き捨てるように言った。
「もう、親でも子でもねえ。こんな所に二度と来るもんか」
男はどうやら、おきんの息子の兵七らしかった。
兵七は背の高い、色白の男だった。
仕舞屋の軒行灯が、怒りで歪んだ男の顔を映し出していた。

「なにを馬鹿なこと言ってるんだ。いつまでたっても親は親、子は子じゃないか」

おきんは、苛立つ声で言った。青茶婆として容赦のない言葉を連ねて大声を上げている、あの姿からは想像もつかないような、声音の奥には弱腰の母の顔が窺える。

「ふん。母親なら、困って訪ねて来た息子を追い返すような真似をするもんか。なけなしの着物を質に入れてもと思うものだ。それを……やっぱりあんたは鬼婆だ。おとっつぁんをどんな風に叩き出したか、よくわかったよ」

「何を言うかと思ったら……お前に何がわかっているというんだい。いいかい、誰のお陰で大きくなった？……おっかさんが死にもの狂いで働いたからじゃないか」

「人から蔑まれるようなことをして……だから俺もおわかかも、おっかさんと一緒に暮らすのが嫌になったんじゃないか」

「仕事に貴賤があるものか」

「あるね。わかってないのはあんただけさ。まあいいやな、そうやって年とって、ひとりぼっちになればいいさ。人からしっぺ返しをくってさ、その時初めて、あんたは自分がやってきた冷たい仕打ちを知ることになるんだ」

「兵七！」

「金輪際だ、あばよ」

兵七は、薄闇の中に走り出ていった。

「兵七……」

おきんは、そこに立ちつくした。哀しげな顔をして、ほんのしばらく呆然としていたが、やがて袖で目頭を押さえると、玄関に鍵をかけて家の中に駆け込んだ。

弦一郎は戸口に歩み寄った。

拳を作って玄関の戸を叩こうとしたが止めた。

踵を返して兵七の姿を追った。

急いで横町から鉄砲町の大通りへ出たが、左右どちらに顔を振っても、往来する人の中に兵七の姿をとらえることは出来なかった。

三

弦一郎は、兵七を追うのを諦めると、踵を返した。

商家の明かりを頼りに、長屋に戻るために北に向かった。

柳原通りまで来ると、さすがに商家の明かりはない。神田川の向こう側に弦一郎の住まう町の灯が見えたが、橋を渡りきるまでは月明かりが頼りだった。

柳原堤一帯には柳が植わっている。黒々と見える長い枝が風に揺れていて、昼間の眼を和ませる緑の光景とはずいぶんと違って見えた。

右手遠くから聞こえてくる隅田川の賑わいを耳朶にとらえながら、弦一郎が和泉橋袂にやって来た時、

「待たれよ」

後ろから声をかけて来た者がいる。

弦一郎はゆっくりと体をその声に向けた。

武家二人が立っていた。

一人は顎の長い男で、もう一人はまん丸い輪廓をした男だった。

二人は鋭い目で弦一郎を見ていた。いずれの男も着流しだが、浪人ではないなと思った。

「そなた、青茶婆のおきんを訪ねて行ったであろう」

顎の男が言った。

「それが何か……」

弦一郎は、用心深く返事をした。

「借金の返済を催促されている……そうではないかな」

「貴公たちとはかかわりない話だ」

「いや、それがそうでもないのだ。どうだ、一献差し上げたいが、そこまでつきあってくれぬか」

「はて、そのように申されても、貴公たちとは名も知らぬ初対面の仲、その俺に酒をおごってくれるとは、どうやら俺を尾けて来たらしいな」

気づかなかったのは弦一郎の不覚だが、ずっと尾けられてきたのかと思うと不快だった。

「悪く思わないでくれ。俺は八代継之進《やしろつぐのしん》と申す。そしてこちらは……」

八代継之進と名乗った男は、和泉橋を渡り、神田佐久間町の小料理屋の小座敷に入ると、そこに既に待っていた武家と、先ほどから同行している顔のまん丸い武士に視線を投げた。

すると、まん丸い顔の男が改まった口ぶりで言った。

「それがしは、三村桂次郎《みむらけいじろう》と申す」

「私は山脇揮三郎《やまわききさぶろう》、三村と私は御家人の部屋住みです」

続けて名乗ったもう一人の武家は言った。

三人とも二十歳過ぎの男たちだが、山脇揮三郎の言葉から察するに、八代だけは旗本らしい。そして、この男だけは三十前後、弦一郎と変わらない歳だと察せられた。

「ふむ。俺は片桐弦一郎、浪人だ」

弦一郎が名乗ると、すぐに桂次郎が言った。

「いや。今は内藤家の用人殿。そうでしたね」

「ほう……調べはいき届いているとみえる」

弦一郎はちらりと不快な表情を見せた。

「まあまあ……悪く思わないでくれ」

継之進は、弦一郎の手に盃を握らせた。

「ちょっと待った。俺のことをそこまで調べ上げ、待ち伏せし、そしてこうして酒を振る舞う話とは何か……それを先に聞かせて貰おうか」

弦一郎は、渡された盃を膳の上に伏せ、継之進を見た。

継之進は苦笑いをして見せた。だが自身も盃を下に置くと、

「他でもない。話というのは青茶婆のことだ。ここにいる俺も桂次郎も、この揮三郎も、皆あの婆さんから容赦のない催促を受けている。これ以上屋敷の前でわめき散らされてはお家の存続にもかかわる。そこであの家に談判に行ったのだが、どう猛な四国犬がいてな、婆さんがけしかけるのだ。嚙みついてやれとばかりにな。だから近づ

くことかなわぬ」

継之進は苦々しい顔で、弦一郎を見た。

「……」

弦一郎が黙って聞いているのを見て、さらに話を続けた。

そこで、借金取り立ての道中を狙って腕の一本も折ってやりたいものよと、継之進たちはおきんを尾けていた。

それで内藤家がおきんの標的にさらされていることも、その対策に傭われたらしい弦一郎の存在も知ったのだというのである。

「武家の体面を踏みにじったあの害虫、おきんを野放しにしていい筈がない。そうだろう片桐殿。なんらかの鉄槌を見舞ってやらなければ、腹の虫がおさまらぬとは思われぬか」

「気持ちはわからんでもないが、おきんを一体どうしようというのだ」

弦一郎は、じろりと三人を見渡した。

「貴公の力を借りたい。おきんにひと泡吹かせて貰いたい」

「何……」

「礼は弾むぞ。おきんに酷い目に遭っている旗本御家人はここにいる三人だけではないのだ。しかし皆、家だの何だのと考えているうちにおきんには手も出せず、歯ぎしりしておる」

「断る」

弦一郎はきっぱりと言った。

「断る……なぜだ。気持ちはわかると言ったではないか」

継之進の顔が、被害者同士といったそれまでの狎《な》れ狎れしさから、険悪なものへと急変した。

他の二人も顔を強ばらせている。

「催促される辛さはわかる。しかしそうなったのは、おきんのせいではない。元を正せば金を借りた者に非があるのではないか。しかも相手は町人の女だ。自分に課せられた責務も全うせずに、催促人に無法をしかけるとは、恥ずかしい限りだ」

「貴様……俺たちを愚弄するか」

継之進は腰を浮かせて右足を立てると、その手に大刀をつかんでいた。

「止めろ。愚弄したというなら、それはこちらの台詞だ。自分たちがおきんに手を出して表沙汰になれば、武士として制裁を受けるやもしれぬ。俺に頼めば手を汚さずしておきんを懲らしめられる。そういうことだろう、言っていることは……それこそ俺にすれば愚弄の一言、千金積まれても、おぬしたちの手先にはならぬよ」

気色ばむ三人を険しい顔で見据えると、弦一郎は平然として部屋を出た。

表通りに立つと、後から三人が追っかけて来た。

「待て」

弦一郎は河岸に走った。すると三人も、猛然と走って来た。

くるりと向き直ると、三人も止まって足を開いて身構えた。

「どうやらおぬしは、俺たちの敵のようだな」

八代継之進が、憎悪に満ちた声で叫んだ。継之進は刀を抜いた。他の二人も、継之進に誘われるように刀を抜く。

「止めろ。無駄な争いはしたくない」

弦一郎が制しながら、ぐいと鞘を上に抜き上げ、鯉口を切った。

継之進の体がふいに沈んだ。と思ったら、いきなり黒い地面から白い光が弦一郎を斬り上げていた。

弦一郎は瞬き一つの早さで、この一撃を抜き払った刀で受け止め、次の瞬間、強い力で押しのけていた。

弦一郎はかつての国元で、小野派一刀流の流れを汲むといわれる、無心流道場垣原《かきはら》常十郎《つねじゆうろう》に師事して目録を貰っている。

江戸詰めとなり、その後浪人となって剣術の稽古をすることがなくなって久しいが、むざむざとやられるほど体はなまっていない。

とはいえ、継之進の剣には、力強いものがあった。

剣は抜いたがその構えにためらいの見える後の若い二人は、大した腕ではないと読んだ。

——継之進さえ押さえれば、それで決着がつく。

弦一郎は、青眼に構えて継之進を見据えた。

継之進は高く上段に構えて、じりじりと詰めて来る。強気である。腕に覚えがあるようだ。油断はならぬと弦一郎は息を整えた。

するとその時、思いがけず横手から桂次郎が、

「えいっ」

打ち込んで来た。

弦一郎はとっさに身体を開いてこれを躱《かわ》したが、そのわずかな乱れをついて継之進が跳び上がった。うなりを上げて弦一郎の頭上に白刃が落ちて来た。

弦一郎は、かろうじてこれを受け止めた。鍔《つば》元で継之進の斬撃を一旦止めて力を削

ぐと、大きく息を吐くと同時に、継之進の剣を流し、すばやく小手を打った。

「うっ」

継之進は腕を抱えて膝をついた。

「八代さん！」

他の二人が八代に駆け寄った。

「骨までは斬っておらぬ。手当てをしてやれ」

弦一郎は若い二人に言い置くと、自身の刀を鞘に納めた。

「八代さん、歩けますか」

後ろで八代を気遣う声を聞きながら、弦一郎は河岸通りから和泉橋袂の商家の明かりの下に急いだ。

まだ大通りには人の行き来があった。

弦一郎はほっとして、町の光の中に踏み込んだ。

だが、微かな手のしびれを感じて目を落とすと、左の袖が二の腕近くまで斬り裂かれ、だらりと垂れ下がっていた。

——危なかった。

弦一郎は慌ててその袖を抱え込むようにして腕を組むと、足を急がせて神田松永町の裏店に向かった。

兵七はここ数日、夕刻になると材木町《ざいもくちょう》の飲み屋に現れた。本町《ほんちょう》の薬種問屋が新たに蔵を建てるというので、兵七は日傭い人足として地ならしに行っている。

慣れない仕事は疲れが何倍にもなって襲って来る。第一、気も滅入る。だから仕事が終わると、まっすぐこの飲み屋にやって来る。

飲み屋は東堀留川《ひがしほりどめがわ》の河岸通りにあった。飲み屋の軒に立てば黒く光って動いている堀の水が見えた。

すぐ近くには和国橋《わくにばし》がかかっていて、橋を往来する人たちの下駄の音が聞こえて来るのだ。

そう……この辺りは、幼い頃に住んでいた、あの六間堀町と同じ色合いがしていて、どことなく懐かしかった。

それで兵七は、以前から時々この飲み屋に立ち寄って、それから帰宅していた。

兵七の今の住まいは長谷川町《はせがわちょう》の裏店である。長谷川町の周りには堀はなかった。

兵七にとって今の裏店は、疲れた体を横たえて、何も考えずに眠るだけの場所だった。

——それにしても、何という母親なんだ……あの日は最悪だった。

兵七は、数日前に母親とやり合った言葉の応酬を、心の中で反芻《はんすう》していた。思い出したくもないのに、一日に何度も頭を掠める。

親子の縁を切ってやる……。そう言わせた母親に苛立ちを覚えるのであった。

あの晩は、そればかりではなかった。

この店でしたたかに酒を飲んで外に出たが、そこの東掘留川に架かる和国橋の袂で、中間くずれの男に因縁をつけられた。殴り合いの喧嘩になった。

兵七の記憶では、最後には相手の腰の木剣《ぼっけん》を取り上げて、それで相手を打ち据えた。

理不尽にも突然ふっかけられたその喧嘩の相手が、あの母そのもののような気がして、喧嘩をしたこともない兵七が遮二無二向かっていった、そんな喧嘩だった。

誰が知らせたのか番屋の者が走って来て、喧嘩は中断された。

家にたどりついた時には、目の辺りが腫れ上がり、唇は切れ、血まみれになっていた。

兵七は、あの夜のことを思い出せば出すほど酒の量が増える。

いつもはちびりちびりとやる酒が、あっという間に空になる。それでいて酔えなかった。

「親父、もう一つ頼むぜ」

兵七は、大声を上げて注文した。

有り金全部はたいても、今夜も呑まずには帰れないと思った。

母への怒りが、消しても消しても、ふつふつと湧き上がって来る。

——俺の母は、俺にとっては疫病神だ。

兵七は、酒をあおりながら心の中で罵《ののし》った。

幼い頃から家の中は、子供だった兵七でさえ、胃の腑がきりきり痛むような険悪な雰囲気だった。

父親の儀三は近所でも腕のいい職人だと言われていたのに、酒が好きなのが玉に瑕《きず》だった。

呑まずに家に帰ってきたことはなく、そのために暮らしの金が酒に消え、米が買えない、味噌が買えないと母のおきんは言いつのり、とうとう金貸しの手先の催促屋になって働き始めたのである。

勤めれば家の中がおろそかになる。催促屋の方が都合に合わせて仕事が出来るとおきんは言った。

ところが、そうして母のおきんが働き出すと、父親は今度は酒の匂いだけでなく、白粉の匂いをさせて帰って来るようになった。

家の中の地獄は、そこから始まったのである。

喧嘩や睨み合いは毎夜のことで、夫婦二人が家の中にいる限り、笑い合うことはなかった。

兵七の記憶の中で唯一つ、ああやっぱり家族だと感じて嬉しくなった出来事がある。

それは、兵七が九歳の頃だったと思うが、御府内が夜中に突然の地震に見舞われた。

皆寝ついていたが、激しい揺れに目が覚めた。

月は出ていたが、夜中の地震は恐怖である。火事になっては大変な惨事になるため、行灯に灯は入れない。ぎしぎし鳴る家の中でおさまるのを待つしかない。

明るい昼間なら、火除け地に走るという手もあるが、夜中にやみくもに表に飛び出して、かえって倒壊して来た家の下敷きになることだってある。

隣近所でも悲鳴が聞こえたが、兵七の家でも妹のおわかが泣き叫んだ。

「大丈夫だ。おとっつぁんもおっかさんもここにいるんだ」

父の儀三が叫ぶように言うと、母のおきんも、

「安心しな、二人とも。おとっつぁんとおっかさんが、きっとお前たちを守ってやるから」

そう言って、なんと親二人は、向かい合って互いの腕を繋ぎ、その輪の中に、兵七とおわかを包み込むように囲ってくれたのである。

家が上下左右に激しく揺れて、今にも天井が落ちてきそうな音を立てると、父と母は、子供たちに覆い被さるようにして包み、揺れが治まるのを待った。

その時、兵七は父と母の懐の匂いを嗅ぎながら、自分は確かにこの両親の子供なのだという幸せに浸っていた。

家族がまさに、一体となった時だった。

罵り合い、気持ちは擦れ違ってばかりいた家族のどこに、こんなに相手を思いやる感情があったのかと不思議な気がした。

だが子供心にも、両親がぴたりと心を合わせている姿や、子供の自分たちを命に代えても助けようとしてくれているその姿は、幸せ以外のなにものでもなかった。

この時の家族の姿は、兵七には忘れられない思い出となっていた。

以後、両親の不仲を見るにつけ、あの時のように地震が来てくれないものかと本気で願っていた。また、辛い時にも、たった一つのあの時の思い出を心の支えにしてきたのである。

そんな子供の祈りも知らずに、地震に遭った一年後、母は父を追い出した。

父も悪いが、母の悋気《りんき》が離縁の原因になったのだと、兵七は考えている。

——お陰で父親の知恵を借りたい時に父親はおらず、鬱々《うつうつ》とした日を送ったことも一度や二度ではないのだ。俺たち兄妹から父親を取り上げたのは、あの母、鬼婆なのだ。

いや、父親のことだけではない。母は兵七のこれまでの人生にも、大きく影響を及ぼして来たのであった。

兵七は簞笥師に弟子入りしたが、そこを五年で出た。一人前になる前に出てしまった。

職人の父親が身近に居れば相談の一つも出来ただろうに、兄弟子との折り合いが悪かった兵七は、ある日、母の仕事を揶揄《やゆ》されて喧嘩になり、それが原因で簞笥師の道を諦めたのである。

親方の所を出た兵七は、その日のねぐらさえなかった。

浅草寺門前の居酒屋に雇って貰って小金を貯め、一年後には、あちらこちらの神社の境内で、十九文見世を開いた。

莚《むしろ》の上に小物や茶碗や、古着や人形や、とにかくなんでもかんでも並べて、一律三十八文で売る見世のことを言う。

十九文見世というからには十九文で売るのかというと、そうではなくて三十八文が本当の値段である。

昔、値段が一律の安売りの見世が流行った時に、なんでも十九文で売っていて、その名残で、安売りの見世は十九文屋と呼ばれるようになっていた。

しかし、莚の上の商いは、兵七が考えていたような儲けはなかった。

間口が狭くてもいい、ちゃんとした店を持ちたいと考え始めた頃、おきんに見つかった。

それで兵七は、おきんに金を出して貰って、商いを古着一本に絞って浅草寺の門前広小路に店を出した。

ところが隣に同じような店が出来、それも向こうは下《くだ》りものの上等な品ばかりだと宣伝して、それなのに値段は兵七の店の値段と変わりがなかったから、あっという間に客を取られて店はつぶれてしまったのである。

いま兵七は、日傭い仕事で糊口を凌いでいる。

だが兵七は、どちらかというと体つきはひょろりとしていて、力仕事は苦手である。

今になってではあるが、簞笥師として修業してきた腕と勘、そして細工物を見る目の確かさで、細工物の小箱や小物簞笥を作り、また外からも仕入れて売る自分の見世を持てないものかと考えている。

しかし、先立つ物がなかった。

それで母親に相談に行ったのだが、おきんは本当にその商売が目鼻の付く物なのか、お前一人の才覚ではおぼつかない、昔の親方に頭を下げて相談した方がいいなどと余計なことを言い出した。

それともう一つは金のことだった。

店を構えるための資金があるのかどうか。ある程度資金を貯めて、その上で援助をしてくれというのならまだしも、以前のような心構えではまた失敗するのは目に見えている。それならば手は貸さないときっぱり言ったのである。

兵七はカッとなった。

母もいい歳になり、少しは優しくなったのではと立ち寄ったが、昔と変わりなかったのである。

——そもそも、簞笥師の仕事を辞めたのも、汚い商売に手を染めている母親のせいではないか、自分の不幸は、全て母のせい……。

そう思うと、

「ちくしょう……」

兵七は、酒を呷《あお》りながら毒づいた。

それでも治まらず、隣の空き椅子の樽《たる》を蹴った。その時である。

兵七の前に、武家二人が立った。

「んっ……」

怪訝な顔で見上げた兵七に、顔のまん丸い顔をした武家が、険しい顔でにらみつけて言った。

「こんなところで呑んだくれてる場合ではないぞ」

「あの、どちら様でございやすか」

「数日前にお前は、この近くの和国橋袂で喧嘩をしたな」

「へ、へい」

「あの中間は、こちらの屋敷の奉公人だったのだ」

武家は後ろを振り向いて、もう一人の武家、顎の目立つ男を見た。その武家は腕に包帯を巻いていた。

「中間……」

兵七は、あっと立ち上がって頭を下げた。瞬く間に酔いが醒めた。

顎の目立つ武家は、二人の武家の間を割って前に出て、兵七を見据えて言った。

「やっと探し当てたぞ……」

「だ、旦那……」

恐怖が体を駆け抜ける。金縛りにあったような兵七に、顎の武家は声を殺して言ったのである。

「お前のお陰で、あいつは大怪我を負っているぞ。ひょっとして二度と立てない体になったやもしれぬ」

「まさか……」

「まさかじゃない。本当だ。で、どうしてくれる？……」

「どうって、まさか、そんなつもりで……申し訳ございやせん。あっしもあの時は深酒をして、でも、喧嘩をふっかけて来たのはそちらさんでございやして」

兵七は頭を下げ、おそるおそる上目使いに武家の顔を見上げたが、

「申し訳ないでは済まぬ」

顔のまん丸い武家が、いきなり兵七の頰を鉄拳で打った。

鈍い音がしたと思ったら、鉄拳は兵七の頰に埋まり、兵七の体をぶっ飛ばしていた。

「あっ」

兵七の体は土間に叩きつけられたように転がった。

しかし、顔の丸い武家は手をゆるめなかった。転がった兵七の首根っこを後ろから押さえて、

「外に出ろ。お前も足腰立たないようにしてやる」

ずるずると引っ張って、そのまま表に引きずり出した。

店の客や通りかかった酔っぱらいが、息を殺して兵七たちを取り囲んだ。

「ご勘弁下さいませ」

兵七は恐怖で震えながら、路上に頭をすりつけた。

まん丸い顔の武家は、ぶざまに恐れおののいている兵七の傍らに腰を落として、兵七の頭上に言った。

「お前が怪我を負わせたあの者に、慰撫料と治療代を出せ。そうだな、とりあえず二十両出して貰おうか」

「に、二十両などと……逆立ちしたって出やしません」

「ほう……では町奉行所にこれこれしかじかと申し立てをしてもいいのか。そうすればお前は遠島間違いなしだな」

「遠島……」

「そうだ、奴が死ねばお前も死罪になるだろうよ」

　男たちは冷たく笑った。

「……」

　兵七は真っ青になった。一両の金もない兵七に、二十両もの金が払える訳がない。途方に暮れて頭の中は、真っ白になった。

　武家はたたみ込むように話を続けた。

「もはや謝って済むような問題ではない。お前に金がないというのなら、お前の親や兄弟から出して貰うぞ」

「いえ。あっしには親も兄弟もおりません」

　兵七は家族のことは惚《とぼ》けきろうと否定した。だが、

「それは違うな。母親がいる筈だ」

　武家はさらりと返してきた。

「えっ……」

　兵七は驚いて武家を見返した。

「それも人の嫌がる青茶婆をやっている……そうだな」

「お武家さま……」

兵七は、自分のことをどこまで知られているのかと思うと、ぞっとした。

「お前のお袋なら金は持っている」

「あのお袋とは、親子の縁を切っておりやすから」

「ならば、妹の所に行ってもいいぞ。妹はおわかといって縁談が持ち上がっていると聞いている。相手は小間物屋の若旦那だそうだな」

「し、知らねえ」

兵七は叫んだ。

妹には一年前に会っている。だが、そんな縁談の話を聞くのは初めてだった。

もしもその話が本当なら、体を張ってでも妹は守る。兵七は瞬時に心を固めていた。

「玉の輿《こし》ではないか。二十両の金など……お願い、兄さんを助けると思って……などと若旦那に猫撫で声で甘えればわけない話だ」

武家は、裏声まで駆使して言い、他の二人と共に、くつくつ笑った。笑いながらも、その目は鋭く兵七をとらえている。

「そ、その話、本当かどうか知りませんが、妹にだけは手を出さないで下さいまし、お願い致しやす」

兵七は手を合わせた。

「そうはいかぬ。まずはお前の腕の一本、切り落としてやる」

丸い顔の武家は、兵七を突き放した。そして刀の柄に手を遣った。

「まあ待て」

それまでじっと様子を見ていた顎の長い男が言った。

「八代さん」

顔の丸い男は不服そうだった。

兵七は知らないことだが、この武家たちは弦一郎におきん成敗の話を囁き、弦一郎が断ると牙《きば》を剝いて斬りかかったあの三人だった。

腕を包帯で巻いている顎の長い武家は八代継之進、丸顔の男は三村桂次郎、そうしてもう一人の武家は山脇揮三郎であった。

八代継之進は兵七の側に歩み寄ってしゃがみ込むと、兵七の耳元に小さな声で言った。

「お前が深く反省し、俺に少し手を貸すというのなら、中間のことは不問に付してもいいぞ」

「本当でございますか」

兵七は、縋るような目で叫んでいた。

「本当だ」

「しかし、あっしに出来ますかどうか……」

「お前を措《お》いて他にはいない。詳しいことはここでは何だが、お前のおふくろに、少し泣きっ面をさせてやりたいのだ。お前の腹立ちも少しは治まるというものだ。どうだ、やってくれぬか」

「おっかさんをあっしが……」

さすがの兵七も返事に困った。

「嫌だとは言わさぬ。断ればどうなるかわかっているだろうな」

当惑する兵七の顔に、顎の男は険しい目つきで頷いた。

四

「弦一郎様、起きていらっしゃいますか」

弦一郎は布団の中でおゆきの声を聞いて飛び起きた。

「暫時、暫時待たれよ」

弦一郎は戸口に向かって叫ぶと、急いで布団を枕屏風の後ろに片づけ、寝間着を脱いで着物を着け、裏の戸を開けて空気を入れ換え、こぼれた髪の毛を唾で押さえて土間におりた。

あんまり慌てたので、草履を履き損ねて片足でケンケンをするようにして戸口に行き、戸を開けた。

「おはようございます」

おゆきは清々《すがすが》しい顔で言った。その腕には、紫の風呂敷包みが抱かれていた。

「おはよう」

弦一郎は、照れくさそうな顔で言った。

「随分お寝坊ですこと」

おゆきは、くすりと笑った。

「内職の仕事を遅くまでしていたのだ」

弦一郎は、またケンケンをして上がり框まで戻り、座敷に上がった。もっとも狭い土間である。ケンケンも二つもすれば、上がり框だ。

「お着物の直しが終わりましたので、持って参りました」

おゆきは、上がり框に斜めに座ると、抱えてきた風呂敷包みを置き、中から弦一郎の着物をそっと出した。

着物は先夜、八代とかいう武家たち三人と斬り合った時に着ていたあの着物である。たまたまあの晩、夜食を運んできてくれたおゆきに裂かれた袖が見つかって、はぎ取られるようにして着物を脱がされ、おゆきが持って帰っていたものである。

「いや、助かった。なにしろ、着物もそれとこれと、後は帷子《かたびら》が一枚あるだけという暮らしだ。大いに助かった」

弦一郎は頭を下げた。

「弦一郎様。弦一郎様のお袖を直したからという訳ではございませんが、今一人、相談に乗ってあげて欲しいお人がおりまして、連れてまいりました。お話、聞いては頂けないでしょうか」

おゆきは、白く細い手を合わせた。

「ちょっと待った、おゆきどの。ご存じの通り、俺は今は内藤家の用人、話を聞いても手助けは難しい」

「それが、先日このお着物をお預かりした時に、青茶婆のおきんさんの話をしていらっしゃいましたよね」

「うむ」

「今日こちらに連れて来たのは、その、おきんさんの娘さんの、おわかさんです」

「おわかとな……」

弦一郎は驚いて、おゆきの顔を見た。

「鉄砲町の幸田屋さんには時々私、欲しいものがあって参ります。ですから、売り子のおわかさんとはよく見知った仲です。弦一郎様が内藤家の立て直しに腐心なさっていて、その中でおきんさんの話が出たものですから、それならと思いまして」

おゆきはそう言うと、弦一郎の返事も待たずに腰を上げ、戸口から外に声をかけた。

「おわかさん……」

するとすぐに、やや丸顔の、目鼻立ちのぱっちりした娘が、深々と頭を下げて入って来た。

「突然に申し訳ありません。おゆきさんが勧めて下さったものですから、厚かましくうかがいました……」

「ふむ」

あのおきんの娘とは思えぬ丁寧な言葉使いに、正直弦一郎はびっくりした。

「他でもございません。私、おっかさんには催促の仕事はもう止めて、ゆっくり暮らして欲しいのですが、私などの言うことは、万に一つも聞いてくれません。どうか弦一郎様からそのこと伝えていただけないでしょうか」

と言うのであった。

すぐにその後をひきとって、おゆきが話した。

「弦一郎様、おわかちゃんは、幸田屋の若旦那から妻にと望まれているんですよ」

にこにこして言った。

「ほう……おきんはその話知っているのか」

「いえ」

おわかは、寂しそうに首を横に振って否定した。

「私も兄も、女手一つで育ててくれた母には感謝しながらも、一方では、世間の人から後ろ指をさされるような仕事をしていることに、恥ずかしい思いをしてきました。子供の頃にはそのことで、虐められたこともありますから……ですから大きくなるにつれて、おっかさんを避けるようになりまして、それで家を出たのです。青茶婆をやっている限り、家には帰らないつもりでいたのです」

「ふむ……」

「でもね、弦一郎様。そういう訳にもいかなくなったんですよ、おわかさんは……」

横合いからおゆきが言った。

「幸田屋の若旦那が、遠回しではありますが、おっかさんの仕事だが、なんとか穏便に手を切らす手だてはないものかと、おわかちゃんに言ったそうなんです。そりゃあ、お得意様とのおつきあいもありますし、親戚づきあいもあります。若旦那のおっしゃることは私にもよくわかります。でも、おわかさんはそれを、おっかさんに言いあぐねているのです」

「あの婆さんのことだ。言っても聞かんだろうな」

弦一郎は即座に言った。

おわかは太いため息をついた。

「弦一郎様、幸田屋の若旦那は、それがはっきりしないことには祝言は挙げられない、そう言っているのです」

言ったのは、おゆきだった。

「つまり、おきんに引導を渡してほしい、そういうことだな」

弦一郎の問いに、おわかはこくりと頷いた。

「しかし、親子ではないか」

「罵り合いたくないのです。これ以上傷つけ合いたくないのです……」

おわかは哀しげな顔で言った。

「おきんが頭を縦に振らなかったらどうするつもりだ。親子の縁を切るのか」

弦一郎は、腕を組んでおわかを見た。

つい数日前の夕刻、おきんと縁を切ると叫んで去って行った兵七の姿が、弦一郎の脳裏を掠めていた。

余所《よそ》の家族の話とはいえ、胸に泥を詰め込まれたような索漠たる気分がまだ残っている。

「幸田屋を出ます」

おわかは言った。

「おっかさんを嫌って家を出ましたが、やっぱり親子には違いありませんもの。他人様から蔑みを受けながらも、私と兄さんを育ててくれたのは、あの母ですから……あの母がいて私がいるのですから。若旦那に母のことを言われて気がつきました。私はあの母から逃れることは出来ません。でも……」

おわかは言葉を切って、弦一郎を見た。

「でも何だ」

「そうなったら、私、一生母を恨むと思います」

おわかは、寂しそうに言った。

「俺にはわからんな。なぜだ。なぜ、母を恨むなどと考えるのだ。どうあれおきんは、なりふり構わず働いて、お前と兄を育てたのだぞ。たとえ盗みを働いて子を育てても、その恩を忘れぬ者がいるというのに、青茶婆のどこが恥ずかしい仕事なのだ」

「弦一郎様」

おゆきが、びっくりした顔で見た。

「物事の見方を少し変えてみろ」

つい弦一郎は、厳しい口調になっていた。

おわかは、おゆきと帰って行ったが、まだ釈然としない顔つきだった。

弦一郎は二人を見送ると、急いで釜に残っていた飯とみそ汁で朝食を済ませて家を出た。

まっすぐ内藤家に向かうつもりだったが、千成屋に足を向けた。

おきんの住処を知らせてくれてからこちら、鬼政とは一度会ったきりだった。

岡っ引のご用も繁多なのはわかっているが、ひょっとして、新しい何かをつかんでいるかもしれないと思ったのだ。

「あら旦那、お久しぶりでございます」

暖簾をくぐると、お歌が長い取り箸を手に持ったまま、愛想のいい笑みを送って来た。

お歌は台の上でさまざまな煮売りの品を、大きなどんぶり鉢に入れて棚に並べていたのである。

「いるのか」

弦一郎は、二階に上がる段梯子を顎で指した。

「いえ。出かけましたが、野暮用です。この月は北町は非番でございますからね。すぐに帰って参りますよ。何か召し上がってお待ち下さいまし」

「いや、今食べてきたところだ。じゃあ、茶でも貰おうか」

「はいな」

お歌は、明るい声で言い、すぐに板場に立って行った。

「忙しいのか、鬼政は……」

弦一郎は板場で茶を淹《い》れてくれているお歌に言いながら、樽に腰をかけて、おやと目を見開いて見た。

目の前の棚に、立派な松の盆栽が置いてあるではないか。

それも、あの薬研堀不動尊の縁日で見た、あの鬼政が欲しがっていた盆栽にそっくりだったのだ。

「政五郎の道楽にも困ったものですよ、旦那。これ幾らするとお思いです？　三両もするらしいんですよ」

お茶を運んできたお歌が言った。

「買ったのか」

驚いて見返すと、

「女の人に貰ったっていうんですがね、あの子はもう有頂天で、裏庭にもいろんな盆栽があるんですけど、それとはこれは格が違うんだなんて言って、親の私にも気をつけろだの、繊細なものなんだから枝を折ったりしたら大変だなどとうるさくて……そんなに心配なら、こんな場所に置かなきゃいいのに、そうでしょ旦那。三十も半ばを過ぎた男がですよ、子供のようにはしゃいじゃって、お客さんに見せびらかしたくって仕方ないんですよ。で、こんな所にこれみよがしに飾ってさ」

立て板に水とはお歌のしゃべりだ。店にはこんな長物《ちょうぶつ》は邪魔だと言わんばかりに、弦一郎に告げた。

「しかし、こんなに高価な物を誰に買って貰ったのだ」

「金持ちの女の人で、ええと……そうそう、おきんとかいう人」

「何、おきんだと……」

弦一郎は喫驚した。聞き間違いではなかったかと聞き返した。

「はい。おきんと聞いています。旦那、まさか色っぽい後家さんとか、そういうのではないでしょうね」

「おきんのことか」

弦一郎は言いながら、お歌の心配に苦笑いをしてみせた。

「だってあの子は捕り物についちゃあ、あたしの自慢の息子さね。ところが、女についてはからきしですからね、見る目がないから、変な女に引っかかったんじゃないかと案じているんですが……」

お歌は、松の盆栽を不満そうにして見詰めた。

「案ずるな。まことおきんというのなら、お歌、お前と似た年頃の女だ」

「私と……なんだ。心配して損しちまいましたよ」

お歌は笑って板場に消えた。

——鬼政はいったい何を考えているのだ……。

弦一郎が盆栽を眺めながら憮然として茶を飲んでいると、間もなく鬼政が帰って来た。

「旦那、どうも」

　鬼政は店の中に入って来るなり、弦一郎が盆栽の前で座っているのを見て、きまりわるそうな顔をして、ぺこりと頭をさげた。

「この盆栽だが、薬研堀の植木市で見た、あれか」

「へい。旦那」

「おふくろさんの話では、おきんに貰ったらしいが、本当なのか」

「すみません。つい欲しい欲しいという気持ちに負けちまいまして、この通りです」

　鬼政は頭を下げた。

「いったいどうしたのだ。どういうわけで、こんな高価な物を買ってもらうことになったのだ」

「へい。順を追ってお話ししやす」

　鬼政は弦一郎の前に腰かけると、

「実は旦那、もう少し調べてからお知らせしようと思っていたのですが、十日ほど前から、おきん婆さんの倅が行き方知れずになっておりやして」

　眉を曇らせて言ったのである。

「兵七がいなくなった？」

「へい。それで、おきん婆さんの家に張りついていたんですがね。旦那に親子喧嘩の話を聞いていましたからね。二人の間に何かあったのかもしれねえ、そう考えたものですから。そしたら、おきん婆さんが戸に鍵もかけずに出かけちまいまして、いえ、遠出というのではないことはわかっておりましたが、留守の間に中を覗いてみようと裏庭に廻った時、突然番犬にがぶっと」

「嚙まれたのか」

「たいした傷ではなかったのですが……」

鬼政は腕を捲って、その傷跡を見せてくれた。ほとんど癒えた状態だったが、歯形が三本、くっきりと残っていた。

鬼政の話によれば、悲鳴を上げたところにおきんが戻って来て、

「この子を甘くみちゃいけないよ。四国犬という猟犬だからね。それに、あたしゃ一人暮らしだから不用心だろ。この子にはきちんと、犬の躾け師に頼んで、見慣れぬ人間が入って来たら嚙みつくように躾けてあるんだから」

鬼政に言い含めるように説明しながら、台所にあった焼酎を、口に含むと、勢いよく鬼政の腕に吹きつけた。

「うっ」

鬼政が顔を顰《しか》めると、

「大事ないよ、これくらい。焼酎でたっぷりと消毒したからね。それにこのおとらは賢いから、ちょいと威嚇して嚙んだだけだから……まあね、これに懲りて、あたしをつけ回すのは止めるんだね」

おきんは笑った。おきんは、ここ数日、鬼政が張りついていたのを知っていたのである。

「つけ回されるのは商売柄慣れてるけどさ。あたしゃ、岡っ引に見張られるようなことは何もしていませんからね。何日張り込んだって何も出てこないよ」

けらけら笑った。

犬は、あのどう猛な動物の虎にちなんで、おとらというらしい。

「おとら、もういいよ。このお人には、これからは嚙みつくんじゃないよ」

「わん」

三角目をして睨んでいたおとらは、それで納得したらしく、向こうへ悠然と腰を振って離れて行った。

――まったく……。

岡っ引が番犬に嚙まれるなどと恥ずかしい失態をしてしまった鬼政は、いつもの調子はどこへやら、おきんの前にしゅんとなって座った。

「出かけるのは止めた……そうだ、ご飯食べていきなよ。嫌だとは言わせないよ」

おきんの言葉は命令に近かった。

人の家を覗いていた罰だと言わんばかりの口ぶりだった。

「わかりやした。頂きやす」

鬼政が返事をすると、おきんはいそいそと台所に立ち、魚をさばき、野菜を炊き、和え物も揃えて、とっておきの下りものの酒だと言い、鬼政に勧めたのである。

「久しぶりだよ、誰かと一緒にご飯を食べるのは……」

おきんは娘のように喜んだ。

一気に互いの警戒心は取れ、二人は差しつ差されつ、鬼政はついに自分がなぜ、おきんの家を見張っていたのか白状してしまったのであった。

気がついた時には遅かった。

おきんは楽しそうに笑って、

「あの旦那があたしの泣き所を探してるって?……あたしゃね、悪い事はしてないつもりだよ。だけども、泣き所は一杯あるさ。泣き所だらけの女だからね」

おきんはそう言うと、亭主に裏切られ、息子に去られ、娘にまで疎んじられているのだと言い、思わず目頭を押さえる場面もあったのである。

鬼政は、思いがけないおきんの変わりように胸を痛くして、話題を変えた。

何が好きか嫌いかなどとたわいもない話をしているうちに、鬼政は松の盆栽の話をした。

女房に出ていかれて、今は盆栽だけが心を和ませてくれるなどと、鬼政は盆栽展で矯《た》めつ眇《すが》めつしている自分の滑稽さを話し、おきんを笑わせたのであった。

ところが翌日、植木屋の者だと名乗る二人の男が、大八車を押してやって来た。おきんからの使いだという。

二人の男は、木枠の中に大事そうに入れた松の盆栽を車から下ろすと、おきんからの贈り物だと言い、置いて行ったのである。

鬼政は、度肝を抜かれて瞠目した。

盆栽には走り書きが添えられていて、慌ててそれを読んだ。

――塩は贈るが手加減は無用、これは怪我をさせたお詫びです――

おきんは、鬼政のこの恐縮を見越したように、配慮の言葉を書き連ねてあった。

鬼政は、おきんの母のような心配りに思いを馳せた。おきんは実の子に出来ないことを、代わってこの俺に果たしているのではないか……そんな気がして切なかった。

鬼政は、思案した末にこれを素直に受け取ったのである。

「弦一郎の旦那、そういう訳だったのでございます」

鬼政は頭を掻いた。

「鬼政ともあろう男が……しかしもう、お前を味方だと思う訳にはいかんな」

「申し訳ねえ。盆栽に目が眩《くら》んだ訳じゃあござんせんが、旦那、あっしは、あのおきんさんの為に、一肌も二肌も脱いでやりたい、そう決心したのでございやす」

鬼政は、おきんに「さん」を付けて呼ぶようになっていた。

「そうだな。これほど高価な賄賂を貰ってはそうする他あるまい」

弦一郎はふっと笑った。

「旦那、耳が痛えや」

鬼政は、苦笑いをしてみせたが、弦一郎にだってそんなことはわかっている。だが、いま鬼政に抜けられるのは少々手痛い。

「旦那、そこでですね。あっしはおきんさんの為に兵七がどこに消えたのか調べてみようと思ったんです。もちろん、おきんさんは息子が消えたなどということは知りません。ですから調べてみて、はっきりしたところで知らせてやればいいと思ったんです。ところがこの話、兵七失踪の話の裏には、不可解な出来事が絡んでいまして……」

鬼政の顔が俄に引き締まるのがわかった。鬼政は顎を引き、きっとした目で弦一郎を見た。

「兵七が姿を消す少し前のことでございますが、和国橋の袂で、二度、ちょっとした騒ぎがございやして」

「それに兵七が関係していたのか」

「へい。二つとも兵七が噛んでおりやした……」

「何……」

「最初の事件は、酔っぱらい同士の喧嘩でしたが、これは近くの番屋の者が仲裁しておりやして、その者の話によりますと、喧嘩をしたのは兵七と、もう一人は旗本八代継之進の屋敷の中間だったということですが」

「ちょっと待て……兵七が喧嘩をした相手は、旗本の八代継之進の屋敷の中間だというのは間違いないな」

「旦那、どうやらその旗本に心当たりがあるようでございやすね」

「おきんの催促に逆上して、仲間と一緒におきんに制裁を加えようとしている輩だ」

「なるほどそれでわかりやした。その二人の喧嘩を見ていた者の話では、中間の方がどうやら待ち伏せしていて、兵七に喧嘩をふっかけたようだというんです。兵七はいつも仕事の帰りに、あの橋袂にある飲み屋で一杯やってから帰っていたようですからね、前もってそういうことも調べていたのではないかと……」

「ふむ」

弦一郎は、八代たちの分別を失った怒りを思い出していた。

「もう一つの騒ぎは、その喧嘩があってから三日ほど後のことだったようです。飲み屋にいた兵七を武家三人が店の外に引きずり出した……」

「待て、鬼政、三人の武家というのは、まさか八代たちではないだろうな」

「そのまさかですよ。怪我をした中間の治療代二十両出せと迫り、それが払えないのなら自分たちのいうことを聞け、さもなくばお前を奉行所に突き出すのなんのと脅し、お前の母親の泣きっ面を見たいなどと言い、兵七を取り囲むようにして、どこかへ連れ去ったということです。兵七の姿が見えなくなったのは、それからですから、三人の武家たちが関与しているのは間違いありやせん」

「鬼政」

「へい」

「八代の屋敷から目を離すな」

「へい」

「どう出て来るか、いよいよ正念場だな」

「鬼政の、腕の見せ所でございやす」

鬼政は力を込めて言い、弦一郎を目でとらえたまま頷いた。

五

鬼政が下谷《したや》の旗本屋敷八代家の動きを探り始めて三日、早速弦一郎に連絡が入った。

鬼政の使いで走って来たのは、鬼政が使っている下っ引の勘次だった。

下っ引というのは岡っ引のように町奉行所の同心から直接手下として十手を授かっている者ではなく、岡っ引が自分の仕事を手伝わせるために使う、全く私的な手下である。

だから下っ引の手当は、岡っ引が渡してやるのであった。

鬼政はその時々で三人の手下を使っているが、勘次は歳も若く、常の仕事は植木職人として親方のところに通っている男だった。勘次がこのまま捕り物に関わって行く覚悟があるのなら、いずれ岡っ引になれるよう推薦してやってもいいと鬼政は考えているらしい。

今回はその勘次に、この度の仕事を手伝わせていた。

勘次の話によると、鬼政は八代家の渡り中間に酒を振る舞い、中間長屋に兵七が閉じこめられていることを聞き出したというのであった。

しかも、その渡り中間の話によれば、兵七と喧嘩をした中間は、大した怪我ではなかったらしく、ぴんぴんしていて、過分な手当を主に貰って自慢していたらしい。

その中間の名は丹助《にすけ》ということだった。

弦一郎は鬼政からの報告を受けると、その日の夕刻、馬喰町のおきんの仕舞屋に向かった。

「おや旦那、お金を持ってきてくれたのかい」

おきんは玄関の戸を開けると、用心深く外の様子を窺って後、そこに立っている弦一郎の顔を見た。

「金の話ではない。お前に話しておきたいことがあってな」

「あたしに……」

おきんは怪訝な顔をしてみせたが、

「じゃ、まあ、お入りよ」

弦一郎を家の中に入れた。

「どうしたのだ、その足は？」

弦一郎は、おきんが足を引きずっているのに気がついた。案内された座敷に腰をおとすなり、おきんに聞いた。

「歳だねやっぱり、おとらに餌をやろうと思って庭に下りたその拍子にくじいちまって……」

おきんは、小さな裏庭からこっちを見ている四国犬を見て言った。

こころなしか犬のおとらが、すまなさそうな顔をしているように弦一郎には見えた。

「往診してくれた医者は温泉に浸かるのがいいなんていうものだから、明日からしばらく湯治にでも行ってこようかと思っていたところですよ」

「一人で行くのか」

「おとらと行くのさ。他には一緒に行ってくれる人なんていないんだから」

「出来れば用心棒でも雇って行くんだな」

「用心棒だって」

おきんは何を言い出すのかと、からから笑った。

「おきん、笑い事ではないぞ。今日ここに立ち寄ったのは他でもない。お前は狙われている。そのことを知らせてやろうと思ったのだ」

「おやまあ、旦那、どういう風の吹き回しですかね。あたしにそんなことを言ってくれるなんてさ。旦那は鬼政親分使って、あたしの弱みを捜していたんじゃなかったのかい」

「その鬼政の風邪がどうやら俺にも移ったらしいな。お前の周辺を調べれば調べるほど、放ってはおけなくなったのだ」

弦一郎は笑みを浮かべておきんを見た。

「八代継之進、三村桂次郎、山脇揮三郎、この三人の武家に覚えがあるな」

「覚えも何も、何度催促に行っても払ってくれない連中さね」

「催促している金額は如何ほどだ。多いのか」

「はい。三人のお屋敷の台所は、このご時世です、そんなに余裕がある訳ではありませんからね、そりゃあ大変だとは思いますよ。でも借りたものは借りたもの、返すのがこの世の慣い、人の世の約束です。その約束を平気な顔で破っては世の中めちゃくちゃです。特にね、あの三人の借金の内容が気に入りません。八代様が百五十両、三村様が百十五両、山脇様が八十両ほどですが、いずれも博打《ばくち》や女を揚げて遊んだ金ですよ。ですからあたしゃ、あのお三方の借金については、びた一文負けたくないですね。全額、きちっと返していただこうと思ってますよ。向こうの出方によっては証文を盾に公事《くじ》に訴えることも考えています。そこまで決心をしてやっているんです」

「なるほどな。お前の言うことは理にかなっている。しかし奴らは、お前の厳しい催促に腹を立てて腕一本足一本折るつもりだ。いや、もっと悪辣なことを考えているやもしれぬ」

「旦那、そんなことで怯えていたら、こんな商売出来やしません。特にあたしは、借金の催促といっても、本当に暮らしが大変で、やむにやまれずお金を借りて、それが焦げついてしまったような人に催促はしておりません。力のある者、借金の内容が感心しないものについて返済を迫ります。ですからあたしが厳しく催促するお人は、お武家が多くて、だから危険とはいつも背中合わせです。慣れてますよ」

「おきん、奴らは兵七を捕まえて監禁しているらしいのだ」

「兵七を？」

　おきんはさすがに驚いたようだった。

　弦一郎は掻い摘んで、三人の武家と兵七とのかかわりについて、これまで知り得た全てを、おきんに話した。

「誰に似たのか馬鹿な息子ですからね。脅されたら言うなりの情けない奴さ……母親を母親と思ってない証拠だよ」

「そんなことはあるまい。罵り合ったって親子だ。兵七は密かにな、おきん、お前のことを案じているのではないかな。子供にとって、母はいくつになっても母だ」

「あの子にはそんなしおらしい、考えの深いところはないね。あたしの育て方が悪かったんでしょうかね、旦那。兵七だけでなく、おわかまで私のところから出て行きましたからね」

　おきんは言い、苦々しい顔をしてみせた。

「おきん。おわかもな、母親のあんたのことは心配していたぞ」

「旦那、旦那は人間がよっぽど目出度く出来ているらしいね。おわかがあたしのことを案じている？……おわかが心配なのは、あたしのことじゃない。幸田屋の若旦那のことさ。今日ここに来たんですよ、おわかが。そして青茶婆の仕事を止めてくれって言ったんですよ。それも自分のために……あたしから逃れるように家を出て行って、その後一度も帰って来なかった娘がですよ。突然家に帰って来て自分勝手なことを言ったんですよ。だからあたしも言ってやりましたよ。おっかさんはこの仕事、少しも恥じてはいない。だけどもお前がそんなにおっかさんが疎ましいのなら、今日限り縁を切ってやるから安心しなってね」

「おきん……」

「いいんですよ、もう。こんなことになったのも身から出た錆、あんな馬鹿亭主と一緒になったばっかりに、あたしの晩年はこのざまさね」

「……」

「真面目で、優しい人だと思った男が、所帯を持って、錺職の年季も明けて、これでやれやれと思った途端に、糸の切れた凧みたいな男になってしまってさ、酒は飲む、女は作る。あたしは初めのうちは夢でも見てるんじゃないかと思ったさ。もうこの人には何を言っても駄目だと思ってそれで出て行って貰ったんだ。だけど子供たちに言わせれば、あたしの性格がこんなだから、だからおとっつぁんは酒におぼれ女におぼれたんじゃないかとね、そう思ってる。だからあたしは子供たちにも恨まれてるのさ。冗談じゃないよ。時間を巻き戻して昔の様子を見せてやりたいくらいですよ」

「その亭主は、今はどこにいるのかわからぬのか」

「知りたくもないね。どうせ、どこかの女の尻にくっついて面白おかしく暮らしているんだと思いますよ」

「さあ、それはどうかな」

「そうに決まってます。旦那、あたしはね、近頃こう思っているんですよ。あたしにゃ、もともと亭主も子供もいなかった。ずっと一人でやって来たんだってね」

おきんはふふっと笑って見せた。

借金取り立てではあれほど執着をみせるおきんが、家族のことになると、突き放して、やけっぱちのような言葉を吐く。

兵七は兵七で、おわかはおわかで、そしておきんはおきんで、落ちてしまった闇の中で、絆という糸を頼りにもがいているように弦一郎には見えた。

「そういう訳だから、あたしにゃ怖いものなんかあるものかね」

おきんはふんと鼻を鳴らした。

「威勢がいいのは結構だが、怪我をしてはつまらぬぞ」

「受けて立ってやる。旦那、あたしは湯治に行くのを止めますよ。止めて馬鹿息子が連れてくる奴らを堂々と迎えてやるよ」

刺し違えたって負けるものかと、おきんは気炎を上げた。

「おきん、お前は湯治に行くのだ。そうしろ。なんなら鬼政に道中守って貰うといい。そうして後はな、この俺に任せろ」

「旦那……」

「奴らが何を考えているのか今のところは不明だ。そうしろ」

「しかし旦那は内藤家の御用人じゃないですか。こんなところであたしに関わってていいんですか」

「だからこそだ。案ずるな。お前に恩を売って、内藤家の借金を少しでもさっ引いて貰いたい下心からだと思えば、おまえも気が楽だろう」

弦一郎は笑って頷いた。


翌日のこと、おきんは念入りに戸締まりをした。

建物はありふれた仕舞屋だが、おきんはこの家に入る時に、大工に頼んで裏の木戸も表の玄関口も、二重に鍵を取りつけていた。

大事な取り立ての証文を入れた文箱が家の中にはある。証文はおきんの金蔓である。生活を支えてくれる大切なものである。

おきんはその証文を家の中に置いておく不安を除くために、鍵はいつも紐に通し、首にかけて持ち歩いていたのである。

だが今日は、弦一郎はその鍵を、玄関脇に置いてある牡丹の花の鉢の下に隠し、それで湯治に出発するように言ったのである。

しかも、近くにある八百屋の店には、四、五日家を空けるからよろしく頼むなどと、留守にすることをさりげなく伝えておくようにと念を押した。

おきんは弦一郎の言うままに鍵を隠し、八百屋の女房に留守を告げ、鬼政の手下の勘次をお供にして、おとらを連れて草津の湯に出かけて行った。

まさかおきんの留守宅に、弦一郎が番をしているなどと、誰も想像していないに違いない。

弦一郎はじっと夜を待った。

――おきんは俺を信じて俺に賭けた。俺もまた、自分の考えに賭けている。

弦一郎の予測では、おきんのいなくなったこの仕舞屋に、八代継之進たち三人が兵七を水先案内に立て、おきんの喉元を押さえるべく現れる筈だった。

――おきんの腕や足を折るのが目的なら、なにも兵七を使うことはない。

弦一郎が着目したのは、そのことだった。

八代継之進たちは、確かに最初は、おきんを痛めつけることを考えていた。それは弦一郎にも誘いがかかったことでわかっている。

しかしそれでは、ほんの一時の憂さ晴らしになるだけで、少しも問題の解決にはならない。それればかりか、自分たちの暴挙がお上の耳に届けば、間違いなく重い罪に問われるということを、継之進たちが悟らないはずがない。

そこで継之進たちは、自分たちが遠島や死罪になることなく、おきんに報復する手立てはないものかと考えたのだ。

自分たちの悩みの種を確実に取り除き、しかもそれが、おきんに死を与えるほどの衝撃になる。そういう報復こそが彼らが望むものだった。

兵七はそれを決行するために罠を仕掛けられ、捕らえられて監禁されているのであろう。

そしてその奸計《かんけい》は、おきんの留守に決行されると弦一郎は考えたのである。

だからこそ弦一郎は、おきんが旅に出ることをわざわざ八百屋に知らせ、湯治に出発させたのであった。

八百屋は町の情報源である。たちまちのうちにおきんの留守は、広まる筈である。

かねてよりおきんを見張っていた者は、直ちにこれを継之進に知らせる……そう確信していた。

家の鍵を見つけやすい場所に置かせたのも、賊が侵入しやすいようにするためだった。

弦一郎は万端おこたりなく処置を済ませると、家から一歩も出ないで、自身の予測どおり八代継之進たちが動いてくれるのを念じて待った。

ただしこれは全て弦一郎の一方的な推測だった。

その推測が外れて、旅立ったおきんが襲われたら大変なことになる。

夜が迫り、灯も点さずに、部屋の隅に座す弦一郎は、正直気が気ではなかった。

庭に面した障子には白い月の光が注いでいて、庭の隅ではこおろぎが鳴いている。

弦一郎はふと遠い日の少年の頃、友人と虫の声を競わせるために、庭に鳴くこおろぎを追っかけて十数匹捕まえたことがあったが、それを思い出した。

すずむしなどに比べると、こおろぎは座敷の灯のこぼれ落ちる辺りまで平気でやって来て鳴く。捕まえやすい虫だった。

小さな虫かごに押し込んだこおろぎを母に見せて自慢したが、小さきものにも命のあることを知り、無闇に捕獲してはならぬと、母に諌められたことがあった。

その時の光景には、草の香りのする庭に、優しい母がいて腕白な自分がいた。そしてこおろぎの鳴く声は、甘酸っぱい幸せを嚙みしめているような、そんな音色だったと思う。

――おきんは、この庭に鳴くこおろぎの声に、どんな思い出を重ねて、これまでの歳月を過ごしてきたのだろうか……。

亭主と別れ、二人の子供たちとも疎遠になったあのおきんの耳に、この音色はどう響いていたのだろうかと弦一郎は思った。

――胸にしみる……人恋しい音色だ。

弦一郎はごろりと横になった。だがすぐに起き上がって耳を澄ませた。

玄関の戸が静かに開いて、誰かが上がって来る。

弦一郎は刀をつかんで部屋の隅に走った。

足音は隣の茶の間の部屋に入った。

「おっかさん……いないの」

火打ち石を使いながら、女の声がした。

「おわかだな」

弦一郎は静かな口調で呼んだ。

行灯に灯を入れたおわかが、顔を捻って弦一郎の方を見た。

恐怖で顔が引きつっていた。

「俺だ。片桐弦一郎だ」

弦一郎は言い、おわかの側に腰を落とした。

おわかはようやく、ほっとした顔をした。

「弦一郎様はなぜここに?」

「お前こそ、どうしたのだ」

「幸田屋を出て来たのです。そのことで、おっかさんに話したいことがあって」

「とにかく灯を消してくれ。そうだ、玄関の鍵はどうした」

「ここです。この家を借りた時、母から預かっておいて欲しいと頼まれた鍵です。年寄りの一人暮らしだから、いつぽっくりいってしまうかもしれないからなどと言って……」

おわかは、懐の財布からその鍵を取り出して弦一郎に見せた。

「わかった。灯を消してこちらの部屋に来てくれぬか。灯を漏らしてはならぬのだ」

弦一郎の言葉に、おわかは怪訝な顔をしながらも従った。

おわかを庭に面した部屋に移すと、弦一郎は手短にこれまでの経緯を話した。

「弦一郎様、ありがとうございます。弦一郎様がいて下さって、母もどんなにか心強く思ったことでしょう。私もあれからいろいろありまして……でも、おゆきさんと長屋にお訪ねした時に、弦一郎様はおっしゃいました。青茶婆のどこに恥じることがあるのかと……物の見方を少し変えてみろと……」

おわかは、先日ここにおきんを訪ねて来て口論をした後に、弦一郎の言っていた言葉をもう一度嚙みしめてみたのだと言った。

母を理解するためには、父との間がどういうものだったのか、子供だったおわかなどにはわかり得なかった昔の両親の暮らしの真実を知る必要があった。

おわかは、昔暮らしていた六間堀町の裏店を訪ねて行った。

なじみの女房たちもまだ暮らしていて、亭主の女道楽で苦労したおきんの昔の姿を知ることが出来た。

そしてその長屋に住む大工の粂蔵《くめぞう》から、父親の儀三を見たと知らされた。

その所は、なんと深川の冬木町《ふゆきちょう》の材木置き場で、木挽きをしていたというのであった。

粂蔵は声はかけなかったというが、

「どんな暮らしをしているのか知りたくて……それに、会って話すことができたなら、おっかさんのことをどんな風に思っていたのか……なぜお酒と女の人に走ったのか、子供二人のことはどう思っていたのか、聞いて確かめたいことが一杯でした」

おわかは、さしこむ月の光で仄《ほの》かに明るい庭のたたずまいを見て言った。

「では会ったのか、父に」

弦一郎は言った。弦一郎の耳は、おわかの話を聞きながらも、表に人の気配がしていないかと、片方の耳はそちらに向いている。

「会いに行きました……」

おわかは言った。

でもその人は、痩せて、白髪交じりで、おわかが目を疑うほど変貌していた。

腕のいい鋸職と言われた人が、木挽きに職を変えたのには訳があったに違いない。

夕刻を待って、おわかは、仕事を終えて帰る父をつけた。

父の儀三は、日当で雇われているらしく、木挽きを監督していた親方から某《なにがし》かの金を貰うと、それを大事そうに懐の巾着におさめて木置き場から出た。

すぐに仙台堀《せんだいぼり》通りに出たが、あれほど好きだった飲み屋の暖簾も見向きもせずに、堀通りを東に向かって歩き、亀久橋《かめひさばし》を過ぎてから道を南に取った。

おわかは急いで後を追った。

儀三は、小さな水路沿いに建っている棟割り長屋のような一軒の家の前で足を止めた。並んでいる家はどれも間口一間半ほどの家である。

この家の道は水路の土手道だったのだ。家の前の道からは水路に石段で下りられるようになっていて、女たちはそこで大根を洗ったり、籠を洗ったりしていた。

「あんた」

その女たちと冗談を言いながら、両袖に手をつっこんで見ていた女が、儀三の姿に気がつくと、きっとして呼んだ。

儀三は振り向くと、女がぬっと差し出した手に、先ほど木挽きの親方から貰った手間賃を、そっくりその女に手渡した。

「やんなっちゃう。働きの悪い亭主を持つとたいへん……」

女は冗談めかして言い、側で洗い物をしていた女たちとげらげら笑った。

してみると、その女が父の儀三の女房ということだろうが、父は六十は超えている筈なのに、その女ときたら四十そこそこかと思えた。

首を白く塗って襟を深く抜き、洗い髪なのか肩に黒髪を無造作に垂らし、その頭には柘植《つげ》の櫛《くし》が髪をときつけている途中のように留まっていた。だらしのない格好だった。

儀三はしかし、格別の反応もみせず、ちらと女に目を遣ったが、すぐに家の中に入った。その背に、

「あたし、行水したいんだから、お湯をすぐに沸かして頂戴」

女は家の中に入っていく儀三の背に怒鳴った。

「弦一郎様」

おわかはそこまで話すと、弦一郎に顔を向けた。

月の明かりでおわかの顔は、青白く見えた。

「私、気がついたら、仙台堀通りに出て走っていました」

おわかは苦しそうに言った。

「あんな情けない父親は見たくない。私がそう感じたのと同じで、母も父に対して、そんな感情があったのではないかと……そう思うと、父のいない寂しさを、母に八つ当たりしてたんだって気づいて、それでここに帰ってきたのです」

「ふむ」

弦一郎は深く頷いていた。だが、次の瞬間、

「しっ」

弦一郎が鋭く小さな声を発していた。

玄関で鍵を開ける音がする。

弦一郎はおわかを縁側に押し出した。そこの隅に伏せるようにさせ、自分は刀を静かに腰に帯びると、部屋の隅の暗闇に立った。

「早くしろ」

隣の部屋で声がした。同時に行灯に灯が点ったようだ。襖の隙間から灯の光がこぼれて来たのだ。

慌ただしく簞笥や押し入れの中を捜す音が聞こえて来た。

「ここじゃない」

兵七の声だった。

だが間もなく、

「あった、これだ」

兵七が叫んだ。

「見せてみろ」

命令口調で言っているのは、八代継之進の声だった。

弦一郎は明かりがこぼれてくる襖の隙間を、もう少し開いた。

目を凝らすと二人の武家が、兵七の手元を覗き込んでいる。

兵七の前には、深さのある手文庫が見える。兵七はその箱の中から証文と思われる紙を、一枚一枚取り上げて読み、何かを確かめているようだった。

「ええい、手間取るな。いっそのこと、全部庭で燃してしまえ」

「えっ」

兵七は驚いた声を上げて、二人の武家の顔を見上げた。

弦一郎からは、武家は背中しか見えないが、一人は八代継之進で、そしてもう一人は三村桂次郎だとわかっていた。

「そうだ。それがいい」

三村の声が相槌を打った。

「お待ち下さい。破り捨てる証文は、お武家様方三人の分だけだとおっしゃったではありませんか」

「いや、今思いついたのだが、全部燃やせ」

「……」

「何をためらうのだ。縁を切ったおふくろのことだ。あれこれ斟酌《しんしゃく》などいるものか」

「しかし、全部焼き捨てるのは、八代様、どうぞそればかりはお許し下さいませ」

兵七は手をついた。あんなに嫌っていた母を、気がついたら庇っている。

「やるんだ。さもなければお前は死罪だぞ。あの中間は昨日死んだと言ったろう。町奉行所に突き出されるのが嫌なら、やるのだ」

八代継之進の怒声に、兵七の顔は恐怖で引きつった。

弦一郎は静かに、襖の側から一方の暗闇に移動した。

壁に張りつくようにして立っていると、兵七が言われるままに手文庫を抱え、手に蠟燭《ろうそく》を持ち、弦一郎たちがいた部屋を通ってそのまま庭に下りた。

茶の間から、継之進と桂次郎が、くすくす笑って見ている。

「燃やせ」

継之進の号令が飛んだ。

兵七は手文庫の中の証文を庭の真ん中にぶちまけた。散らばった紙をかき集めて、そこに蠟燭の火を近づけた。その時、

「兄さん、止めて」

縁側にいたおわかが庭に飛び降りて、兄の手もとから蠟燭を取り上げた。

「どうしたんだおわか。なぜここにいる」

「兄さんこそ何するの。おっかさんの大切な証文を」

おわかは必死で散らばった紙をかき集める。だがその手がふいに止まった。丸まった油紙の包みに気づいてそれをつかんでいた。

おわかはくるまった油紙を解いた。

中から二枚の紙切れと、かんざしが出てきた。

「兄さん……」

おわかが切ない声で兵七を呼んだ。

おわかの手にある半紙には、小さなもみじのような手形が押してあった。一枚には
おわかとあり、もう一枚の手形には、兵七とあった。

「これは……」

兵七もおわかの手から取り上げて、じっと見入る。

「わたしたちの手形よ、これ。子供のころの……」

おわかは感動していた。

「おれたちの、手形か……」

兵七が感慨深げに言った。

「おっかさん……」

おわかは涙声で呼びかけるように言い、かんざしをふと見て思い出した。

「兄さん、このかんざしは、おとっつぁんがおっかさんに上げたものよ。おっかさん
がこれは宝物だって、私に一度だけ見せてくれたことがあったの……おっかさんは気
持ちは、気持ちは……」

おわかは袖で涙をぬぐった。

その二人に怒声が飛んできた。

「いつまでめそめそやってるのだ。早く燃やせ」

すると、もう一つの声が一方から降って湧いた。

「兵七、騙されるんじゃない。喧嘩相手の中間はぴんぴんしているぞ。それに、その証文に火をかけてみろ。お前は一生後悔するぞ」

縁側に現れたのは弦一郎だった。

「貴様、片桐弦一郎」

茶の間の方から、継之進と桂次郎が走って来た。

「二人とも、この企みは断念するがいい。言ったではないか、何の利得も生まぬと」

「だまれ、だまれ。許せぬ」

継之進が刀の柄に手をかけた。

「抜くのか……愚かな。おぬし、その腕で大刀を抜いて戦えると思うのか……」

弦一郎は縁側に立ちはだかって言った。

その時である。

「ご用だ」

鬼政を先頭にして、捕り方たちがなだれ込んで来た。

鬼政は十手を威勢良く継之進たちに突き出した。

「こちらは、北町奉行所同心詫間晋助《たくましんすけ》様だ。そしてあっしは詫間様の手下で鬼政という。たった今、表に見張りに立っていた山脇という人はお縄にしたぜ。神妙にしろい」

「何をこしゃくな。俺たちを直参旗本と知ってのことか……。お前たちの世話にはならぬわ」

継之進が怒鳴った。

「いや、おぬしたちは今のところ身元もわからぬ押し込み強盗、ここの主の息子を脅して押し入ったこと、この目で俺がしかと見届けた。俺が証人だ」

弦一郎が有無を言わさず睨《ね》めつけた。

「抵抗すればお命拝《いただ》きますぞ。それ」

同心詫間の声が、ほの白い明かりの中に響き渡った。

「おや旦那、随分遅かったじゃないか。寝坊したね」

弦一郎が立慶橋にさしかかると、おきんがふいに現れた。

八代継之進たちが捕まって十日ほどが経っていた。おきんは足の痛みもとれたのか、しっかりした足取りで歩いて来た。

「草津の湯は効いたようだな」

弦一郎はにこりとして言った。

「おかげさまで……弦一郎の旦那には随分お世話になりました。おわかから聞きました」

「そうだ、おわかはどうしている」

「今朝幸田屋に戻りました」

「ほう……」

「幸田屋の若旦那が迎えに来ましてね。つまらないことを気にしてしまったって謝ってくれまして、私に正式におわかを嫁に欲しいと言ってくれたんですよ」

「それは良かった」

「それだって旦那のお陰」

「おいおい、随分殊勝な口ぶりだな」

「兵七もね、一からやり直すのだと言って、箪笥師に弟子入りし直しました」

「苦労した甲斐があったな、おきん。お前もこれで老後は寂しくないな」

「旦那、あたしは子供たちとは暮らしません。あの家でね、いつか一人ぼっちになって帰って来る亭主を待ってやろうと思っていますよ」

「ふむ……」

「旦那、あたしゃ何も昔の亭主が恋しくて待ってるんじゃないんですから……裏切り者の亭主を死ぬまでねちねち虐めてやろうと楽しみにしてるのさ」

おきんはそう言うと、何か空想していることを思い出したのか、楽しそうに笑った。

弦一郎もつられて笑った。

「おや、忘れてましたよ」

おきんは真顔になると、懐から証文三枚を出した。

「これね、内藤辰之助様の借金の証文ですよ。旦那に見て貰っておこうかと思いましてね」

おきんは、手にある証文を弦一郎に見せた。

確かに内藤辰之助が借金したという証文だった。

「おきん、すまぬが、少し減額するとか無利子にするとか、返済をゆるめてくれぬか」

弦一郎は苦笑して言った。

「駄目ですね、旦那。あたしゃ中途半端なことは大嫌いなんだ」

「何……」

「だからね、こうしようと思ってさ」

おきんは片目をつむっていたずらっ子のように笑みを浮かべると、手にある証文を半分に引き裂き、四分の一にし、あれよあれよという間に碁石ほどの小ささに千切ってしまった。

「おきん」

おきんは、ちらと弦一郎を見ると、橋の上から掌の碁石のような紙切れを一吹きした。

川面に紙吹雪が舞い散って行く。

「いいのか、おきん」

「じゃあね、旦那」

おきんは、にこりと笑みを送ると、颯爽《さっそう》と立慶橋を下りていった。

「おきん……」

弦一郎はおきんの背を見送りながら、ふっと目を細め、月の明かりの下でこおろぎの声をじっと聞いているおきんの姿を浮かべていた。

こおろぎはずっとあの庭に住み着いていて、おきんの心を代弁し、昔の家族に密かに内なる声を送っていたに違いない、そう思ったとたん、弦一郎の胸をあたたかな風が吹きぬけていった。

第三話　白い霧

一

「親父、もう一杯茶をくれぬか」

片桐弦一郎は、板場で茶碗を洗っている立場《たてば》茶屋の主《あるじ》に声をかけた。

「へい、すぐに……」

親父は窪んだ目で、弦一郎に返事を返してきた。だがすぐには、洗いの手を止めなかった。

「ふむ」

弦一郎も親父から目を離すと、帯から扇子《せんす》を引き抜いて襟を広げて風を送った。

街道は射抜くような陽射しにさらされている。その熱が店の中まで押し寄せていた。

店は暖簾《のれん》を垂らして、熱射や埃《ほこり》を遮《さえぎ》ろうとしているようだが、今日は風がない。蕎麦《そば》を食べ終えると、どっと額や襟足に汗がふき出した。

いつもなら内藤家の用人部屋で、眉をよせて帳面と睨めっこをしている時刻である。それを、こうして八王子の宿場の中にいるのが不思議な気がした。

弦一郎はこの日、まだ夜も明けぬ七ツ（午前四時）頃に長屋を発ち、この八王子までやって来た。だが、目指す葉山村までまだ一刻は歩かねばならぬ。

そこで街道筋にあるこの立場茶屋に入り、昼食をとったのだ。

改めて見渡すと、店の中は結構広かった。

昼食どきを過ぎた時刻で、店に客がまばらだったこともあり、それが店内を広く見せているのかもしれない。

客は飯台に腰掛けている駕籠《かご》かきの男が二人、それと、奥の板の間に二人いた。こちらは若い女と商人だった。

若い女は弦一郎に後ろを見せているが、その形《なり》から旅人ではなく、この土地の者のようだった。襟を抜いた白くなまめかしい首が見える。着物の柄も大きくて派手派手しく、この宿場で男を相手に働く女かと思われた。

一方の男はパッチに手甲《てっこう》、菅笠を傍らに置いてあるが、その漏れてくる訛りは明らかにここいらの土地の者のようだった。

弦一郎は見るとはなしに、さきほどから蕎麦を食べながら時折視線を走らせていたが、商人は常に沈痛な顔で女と話し込んでいる。

商いの話でないことは、雰囲気でわかった。

なんとなく目が放せなかった。

「お客さん、どちらまでいらっしゃるので……」

親父はお替わりの茶を持ってきて弦一郎に聞いた。

「葉山村までな。すまぬがついでに、これに水を入れ足してくれぬか」

弦一郎は青竹の水筒を飯台の上に置いた。

親父は黙って水筒を手に、板場に消えた。

弦一郎は菅笠は携帯しているが着流しだった。旅装というようなたちではない。それに土地の者でもない。

親父はそれが気になって、どこまで行くのかと聞いたらしい。

この八王子は、甲州街道にも鎌倉街道にも出ることが出来る場所にある。江戸防御の要衝の地でもあった。

昔は大久保《おおくぼ》長安《ちょうあん》が関東十八の代官頭として政務を行ったところだが、今は織物と生糸の生産で有名だった。

近辺では特産物の市も立ち、宿場はなんとなく活気にあふれていた。

店の奥で女と話し込んでいる商人も、おそらくそういった生絹に関係する者に違いない。

時折、大きな溜め息をついて女を見つめているが、男を包んでいるその雰囲気や物腰は、江戸の、商家につながる垢抜けたところがあった。

ふっと、とりとめもなく、内藤家の若党増川三平の声が聞こえてきた。

「弦一郎どの、くれぐれも用心して下さい」

三平は昨日の夕刻、内藤家の用人部屋に現れて、内藤家の知行地に行くという弦一郎に、心配そうな顔でそう言ったのである。

内藤家の知行地葉山村には、半年前に、前の用人小池豊次郎が出向いている。

小池は、名主や百姓たちと年貢の掛け合いに村に入ったのだが、具体的な話し合いをする前に、村の小川のほとりで変死体で発見された。

知らせを受けて小池の遺体を引取りに行ったのは若党の三平だったが、名主は事故死だと言ったらしい。

だが三平は、小池の死は殺しだと弦一郎に言った。

だからこそ三平は、再び名主たちに掛け合いに出向くという弦一郎の身を案じ、忠告してくれたのである。

確かに小池の死が殺しなら、弦一郎も狙われるやもしれぬ。

しかし、内藤家の窮状を救うのには、領地の実情を知った上で今後の策を立てなければ、どんな計画を立てたところで砂上の楼閣、何の解決策にもならぬ。

──危険があろうと行かねばならぬ。

改めてそんなことを考えていたその時、

「待ちなさいよ、あたしは納得いかないから」

女の激しい声がした。

奥の板の間に顔を向けると、男は菅笠を脇に抱いて土間に降りたところだった。

女の赤い唇が目を惹いた。濡れたような黒目勝ちの目が、行かせるものかと言わんばかりに男の背に注がれている。しかし、切なくて苦しげな目をしていた。

男は草鞋《わらじ》の紐を結ぶと、女の方を向いた。

「すまねえ。こうなったからには何も彼《か》も諦めるしかねえ。あんたには迷惑かけたくないんだ。わかってくれ」

「わからないねえ。わかるもんか。わかりたくもないよ」

女の声には悲壮なものが漂っている。

「おふゆ……」

「清吉《せいきち》さん、まだまだ、手を尽くしたとはいえないじゃないか。そうでしょ。それなのに、これっきりだなんて」

女の名はおふゆ、男の名は清吉というらしかった。

「すまねえ。達者でな」

男は苦しげに言い、女に背を向けた。

足早に弦一郎の前を通り過ぎて表に出た。

「清吉さん」

女が追っかけて、戸口に出たところで、男の袖を取った。

弦一郎からは、顔は見えない。暖簾の裾から見える二人の肩から下の様子だけである。

それでも二人の緊迫した空気は伝わってきた。

「待って……いかないで」

「離してくれ」

「本当は私と別れたいんだろ。だから……」

「馬鹿な、どうしてそんなことを言うんだ」

「だったら聞くけど、本当にそのお金が出来たら、私との約束、守ってくれるんですね」

「くどい」

清吉の声は小さかったが険しかった。

おふゆという女を、これ以上踏み込ませないような、そんな冷たさも声音には窺えた。

おふゆは一瞬、口を閉じたが、

「じゃあ、私がなんとかします。それでいいんでしょ」

「……………」

「それ、約束してくれますか」

おふゆの声は涙混じりになっていた。諦め切れない熱い心がほとばしるような声だった。

「おまえに、出来る訳ないじゃねえか」

清吉が押し殺した声で言った。

「いいえ、出来ます。私、年季があけたんですよ」

「だからどうだと言うのだ。今から働いて、なんていうのは間にあわねえよ。今いるんだ」

「そんな悠長なこと言ってるんじゃないわ、当てはあるんだから」

「何……」

「詳しい話は出来ないけど、十日だけ待って」

「十日だと……十日でなんとかなるというのか」

「きっと……清吉さんも十日ならなんとかなるでしょ。まだこちらにいるんでしょ」

「わからん……晋蔵さんの出方次第だ」

「とにかく十日たったら宿に来て。その時になっても、なんとも出来てなかったら、私も諦める」

「わかった……」

清吉の声には生彩がなかった。

だがどうあれ、おふゆは清吉との約束を取りつけたようである。

「待ってよォ」

おふゆは、それまでとは違った甘えた声で言い、男の足にまつわりつくようにして、店の前から去っていった。

「どうぞ」

親父が竹筒を持って出て来て、弦一郎が店の前のもめごとに気を取られているのを知ると、

「宿場ではよくある話だ。あの野郎は女を捨てる算段でございやすよ」

渋い顔をして言った。


弦一郎が葉山村の入り口に立ったのは、八王子の宿を出て一刻あまりも歩いた頃である。

弦一郎は菅笠の縁を右指で摘《つま》み上げると村を見渡した。

村は周囲を深い緑に覆われていた。田には稲が青々と茂っていた。遠くには畑で何かを燃しているのか、白い煙があがっていて、その草を焼く香りが、こちらまで漂ってくるようである。

弦一郎はその道を歩き始めた。

道はまっすぐ村に向かって伸びている。

前の用人小池が死んだという川は、この道のつきあたりにある山裾の川だと聞いている。

道は田や畑を縫うように伸びている。百姓家は、あちらにぽつり、こちらにぽつりと建っているが、家屋の周囲に人の気配はなかった。

村人は田や畑で、背を丸めて草取りをしていた。

稲は二尺は伸びていて、穂が出始めていた。水は田畑にまんべんなく通されているようで、この日照りでも水が涸《か》れていることはないようだった。

実際のところ稲のことは弦一郎にはわからない。だがそれでも稲の葉が肉厚く茂っていて、先端に頼もしく穂が顔を出しているのを見て、これは不作ではなく豊作なのだと感じられた。

草取りをしている村人は、曲げた腰を時々あげて伸びをするが、その時、ふいに目に入ったよそ者の弦一郎の姿に、興味と畏敬の目を向けて頭を下げてきた。

弦一郎も、その度に頭を下げた。

弦一郎は村の名主には、近日中に村に赴くという通知は送ってある。だがそれが今日の日だということは知らせていない。村人が怪訝な顔を向けるのも無理はなかった。

弦一郎は、名主の家に入る前に、村を一巡してみたかったのである。

「今年は豊作だな」

弦一郎は土手に腰を据えて煙草をくゆらしている老人に声をかけた。

「さあどうだか……このひと月が勝負だで」

老人は仕方なく答えた、そんな感じだった。

「俺が見たところ、よく育っていると思えるのだが、どんなものかね」

弦一郎は、爺さんの側に腰を落として田の緑を眺め渡した。

「いや、嵐がくれば稲は傷む。日照りが続けば稲は弱る。虫がつけば食い荒らされる。実りを見るまで油断はできねえ」

爺さんは何かに怒るように言ったが、ふと側で稲の様子を聞いた見知らぬ侍が気になったらしく、

「失礼ですが、お侍さんは……」

首を回して、深い皺《しわ》の中から弦一郎を見た。

「内藤家の用人だ。片桐弦一郎という」

「こりゃあ、どうも」

爺さんは内藤家の用人と聞いてびっくりしたようだった。

「あっしは鹿蔵《しかぞう》と申しやすが……」

膝を立てて立ち上がろうとするのだが、その膝が震えて思うように立ち上がれない。

「爺さん、気遣いは無用だ」

弦一郎は手で制して元のように座らせた。

「申し訳ございやせん。この通りの有り様で、倅《せがれ》に後を譲りましたがこの体ではたいしてもう役にはたたねえ。せいぜい薪《たきぎ》を拾いに行くぐらいが関の山で……」

爺さんは側に置いてある柴の束をちょんと叩いて、

「あの世から迎えの来るのを待っているところでございやす」

淡々と笑った。

夏だからいいようなものだが、爺さんはつぎはぎだらけの袖無しの単衣《ひとえ》をひっかけている。

その単衣から微かにすえた臭いがしていた。

「馬鹿なことを申すでない。長生きをしなくてどうする」

弦一郎は言った。他に言い様がない。

「長生きは罪でございますよ。早く死ねば食い扶持《ぶち》が減る」

爺さんはさらりと言ってのけたのである。

「爺さん……」

「つまんねえことを申しました。すると、片桐さまは名主様のところにはもう……」

「いや、これからだ。少し村の中を見てみたいと思ったのだ」

弦一郎は立ち上がった。

「爺さん、邪魔したな」

弦一郎は鹿蔵と別れると、まっすぐ小池が死んでいたという小川に向かった。

山手に向かって歩いて行くと、道の向こうに橋が見えてきた。

橋の手前はすべて田になっているが、川を渡った向こうは、段々の畑になっていた。

その段々の畑に沿って山の上に向かって道が通っていて、神社が畑の切れるあたりに見えた。

――ふむ。あの神社の祭りから帰る途中、この橋の下の河原で死んでしまったのか。

その河原の岸は、背の高くなった茅《かや》が茂り、草が茂り、うっそうとした感がある。

その草むらの中に、並んで何本ものすももの木が枝を広げていて、弦一郎が橋袂から小さな小道を伝って河原に下りると、そのすももの木から蟬《せみ》の声が時雨《しぐれ》のように襲って来た。

川は浅く透明で、石ころの間で泳ぐ魚の姿まで、はっきりと見えた。

この川で溺《おぼ》れるということは考えられないと思った。橋から落ちたのでなければ、小池の死は三平が言う通り、殺しかもしれなかった。

懐から手ぬぐいを出して川に浸した。

水は冷たかった。

その手ぬぐいを絞って首筋に当てた。もはや日は西に傾いている。

――そろそろ名主の家に参らねばなるまい。

水際を離れたところへ、髪をすだれのように乱した婆さんが菜を抱えて川に下りて来た。

「ひっひっ」

婆さんは歯の抜けた口で笑って、

「あぶねえ、あぶねえよ」

弦一郎に言った。

「何が危ないのだ？」

「この川は河童《かっぱ》がでるだよ。その河童は男の胆《きも》が好きでな、半年前も内藤の殿様の家来衆がここで死んじまったさ」

「何、婆さんは、その時のことを知っているのか」

「知ってるともさ。といっても、その橋の上に引き上げたところを見たのさ。胆はとられてねえようだったが、後で皆で言ってたんだ。きっと河童の仕業《しわざ》だって」

「ふむ。河童を見た者はいるのか」

「昔な、も少し下流の淵になってるところだが、そこで河童が溺れた男の胆を取って食ってたっていうことだからな。嘘じゃねえぞ。今は亡くなっていねえが、粂蔵《くめぞう》という爺さんが見たと言ってた。おれも粂蔵爺から聞いてるだ。ところで、お侍さまは、生まれは何年《なにどし》かね」

「何年……干支《えと》のことかな」

「そうだ。胆が狙われるのは寅年の男なんだ」

「何故だね」

「なんにも知らねえお方だね。いいか、寅年の男の肝は、万病に効くというさ」

「すると、婆さんのような女は狙われることはないのか」

「さあな」

婆さんはにっと笑って、

「俺の胆を食ったところでうまくはねえずら。若え女《わけ》なら別だろうがな」

婆さんは橋の上に顎を振った。

そこには色の白い若い女が立ち止まって腕を組み、じいっと河原を見下ろしていた。

——あれは……。

弦一郎は見上げて驚いた。

その女は、八王子の宿場で見たおふゆという女だったからである。

おふゆは弦一郎と目が合うと、ふんと顎をしゃくった。組んでいた腕を解《ほど》くと腰を振って橋を渡り、草木の茂る畑地の方に消えて行った。

「疫病神」

婆さんは邪険に言った。

二

葉山村の名主の家は、村落の中程にある大きな家だった。

屋敷の周りは黒塀で囲まれていて、門から中に入ると正面に玄関が見え、右手にはちょっとした広場があり、その向こうには白い土壁の大きな蔵が三つも見えた。

おそらく、年貢を集積しておく蔵ではないかと弦一郎は思った。

玄関に立っておとないを入れると、女中が出てきた。

「内藤家の用人、片桐弦一郎だ」

名を告げると、女中はびっくりして、

「おかみさん、大変です」

奥に走った。

すぐに名主の妻女と思《おぼ》しき女が小走りするようにして出てくると、

「わたくしは藤兵衛《とうべえ》の妻でかつと申します。ようこそ、おいで下さいました」

手をついて出迎えた。

肌の色こそ江戸の女のように白くはないが、目鼻立ちの整った美しい女だった。きびきびしているが、賢《さか》しらな感じはなく、控え目ながらもぴしりと礼儀をわきまえているように見え、なるほど名主の妻女だなと、妙に納得いくような好感の持てる女だった。

おかつは顔を上げると、笑みを湛《たた》えて弦一郎に言った。

「主の藤兵衛は、ただ今隣村のお代官所の方がいらして懇談中でございますが、まもなく終わると存じます。どうぞお上がりになってお待ち下さい」

「世話をかけるが、よろしく頼む」

弦一郎は大刀を腰から引き抜いた。

弦一郎が足湯を使い、客間に通されて茶を飲んでいると、おかつは二人の子を両脇にひきつれて挨拶に訪れた。

一人は女の子でむめ、もう一人は男の子で周助《しゅうすけ》だと言った。

二人とも行儀が良かった。

むめは十三歳というが、母親似でしかも色白、末は美しい娘に育つのだろうと想像がついた。

周助は十歳になったところだと言い、

「明日、お江戸の親類の家に参ります。勉学のためです」

膝小僧の上に乗せた両手の拳に力を入れた。

「いいお子たちだ」

弦一郎は言った。

「ありがとうございます。末永くよろしくお願い致します」

二人の子が下がると、今度は手代の兼七《かねしち》という男が廊下に現れて手をついた。

「この兼七が村の作物を検見《けみ》してくれております」

おかつが言った。

「そうか、そなたがな。明日は色々と教えて貰いたい。よろしく頼む」

「はい、なんなりと……」

兼七はもう一度頭を下げると引き下がって行った。

それでおかつもいったん部屋を引き下がった。

広い座敷に弦一郎が一人残された。

弦一郎は団扇《うちわ》を取ると、静かに襟元を仰ぎながら立ち上がった。

廊下に出ると、廊下をまがった角の部屋に、男が二人向かい合って座っているのが見えた。

一人は藤兵衛、そしてもう一人は代官所の者らしかった。

客間の前の庭も広かった。

だが、俄《にわか》に忍び込んできた夕暮れに、すっぽりと包まれ始めていた。

弦一郎はこおろぎの鳴き声を聞きながら、しばらく廊下に立っていた。

「これはこれは、ご用人さま。藤兵衛でございます」

まもなくだった。女中が行灯の火を運んでくるのと一緒に、背の高い男がやって来て膝をついた。

「本日参られるとわかっていましたら、八王子までお出迎え致しましたものを……」

彫りの深い顔をあげて、気遣いをみせた。

しかし、すぐに顔をひきしめて、

「殿様のご容体はいかがでございますか。私も三月前でしたか、お見舞いに伺いましたが、その折には少し血色もよろしいかと拝見いたしましたが……」

領主の身を案じて、聞いてきた。

今のところは大事ない。病の気を塞《ふさ》いでいるのは他ならぬ内藤家の台所の窮状だと弦一郎は言い、このたびは是非腹を割って話し合い、この内藤家の危難を逃れたいものだと説明した。

「わかりました。ありのままをご覧いただきましょう。どうあれ私どもも殿様とは一蓮托生、尽力はいといません」

藤兵衛は、きっぱりと言った。

やがて部屋に夜食の膳が運ばれてきた。

川で捕れたあゆの塩焼きや、沢蟹《さわがに》の揚げ物、野菜のてんぷらに、瓜《うり》の酢の物、それに里芋の煮転がしなど、おかつの心遣いがみてとれた。

「突然でございましたので……明日は少し珍しいものを取り寄せましょう」

などと藤兵衛は言う。

「遊びに参ったのではない。気遣いもいらぬ」

弦一郎は過度の接待は無用だと釘を刺した。

「それはそうと、藤兵衛どの。お内儀の話では、隣村の代官所の手代が参っていたのだと聞いたが、何かあったのか」

藤兵衛の酌を受けながら聞いてみた。

「はい。それがでございます。ご存じの通り、隣村の桑田村は天領のなかでも特に良質の生絹を生産している村でございます。たいへんな収入があるようでございまして、裕福な家も多いと聞きます。ところがここ一年ほどでございますが、数度にわたって押し込み強盗が入りまして、百両近くのお金がとられたようでございます。昨夜は名主の家が狙われまして死人が一人出たようです。代官所の皆さんが賊を追って見失ったところが、うちの村との境界線だと申しまして、怪しい者たちを見かけた折には連絡してほしいし、もしもこの村に潜んでいた時には、捕縛に協力してほしいと、そういうお話でございました」

「こんな田舎に強盗か」

「はい。こちらはまだ、いいほうでございますよ。上州藤岡あたりでは強盗などはそりゃあもうたびたびで、渡世人はやって来る、やくざ者は来る、江戸を追放された凶状持ちがやって来る、また絹物で一旗あげようとする輩が近辺から集まってくるで、治安は乱れてたいへんなようでございます」

「なるほど……」

「お代官所のお役人の話では、桑田村で押し込みを働いた悪党たちが逃げ込むのは、地形からしてこの村は難しかろうとおっしゃるのですが……山越えになりますからね。でも、用心はしておかなければなりません。もっとも、桑田村のようにこちらは裕福ではございませんから、悪党たちも見逃してくれているのかもしれませんな」

藤兵衛は笑って言った。

「しかし不思議なのは、前のご用人小池様の死でございます」

藤兵衛は、ふいに小池の話を持ち出した。

「遺体を引取りに参られた増川様にも申しましたが、なぜ、あのような場所で亡くなられていたのかと……あのお方は、増川様のことですが、まるで村人が殺したんじゃないかというような疑いの目をしておりました。ですが、この村の者がそんなことをする筈がございません」

藤兵衛は、強い調子で言った。

そして片桐様が参られたのはいい機会だ。その一件も納得いくまで調べてほしいとつけ加えた。

弦一郎が村に来る日を告げずに突然やって来て、しかも村のあちらこちらを見てまわっていたことが、藤兵衛には少なからず面白くなかったようだ。

弦一郎は、村人を疑ったりなどしてはおらぬと否定してみせたが、事実は藤兵衛が懸念したように、村の様子を監視人つきでなく、自由に見てみたかったのである。

小池は、臨時の年貢拠出を頼みに村に入っている。

小池の死は、そのことと全く関係ないとは言えぬのではないか。小池がなぜ殺されたのか、その真相をさぐることが、村の現状を正しく把握することになりはしないか。

弦一郎はそんなことを考えていた。

だが藤兵衛にしてみれば、自分たちが事故死と決裁したものを疑われては立つ瀬がない。村の治安を預かっている自分たちへの侮辱だと考えているのだろう。

なにしろ葉山村は内藤家の領地だが、その管理監督は名主や村役頼みである。

村に役所を置いて、役人を常駐させるような金がない。毎年の年貢の高も村の治安も、名主任せでできているのであった。

「藤兵衛、案ずるな。誤解してもらっては困る。後ほどお前にはじっくり、隠し立てのないところの内藤家の実情を話すつもりだ。その上で、村のやりくりも成り立つ形で良い策はないか考えたいと思っている。なによりお前の協力がいる。よろしく頼む」

弦一郎は頭を下げた。

「片桐様……」

藤兵衛は恐縮して持っていた盃を膳の上に置いた。そして静かに頭を下げた。

顔を上げて見合った時、弦一郎も藤兵衛も相手の眼をしかととらえていた。

「片桐様、新しく切り開いた田は、ここから半刻ほど登った山の中腹にございます。しばらく細い山道を登らなければなりません。足もとにはくれぐれもお気をつけ下さいませ」

兼七は弦一郎を振り返った。

例の小池が死んでいたところの橋は『ほたる橋』というらしいが、ほたる橋を渡って川伝いに山裾を上流に二町ほど歩いたところに、今度は『亀橋』という名の幅の小さな橋があったが、兼七はその橋の袂で立ち止まって言ったのである。

兼七の話によれば、ほたる橋と名をつけたのは、初夏の頃から橋の両脇には星のごとく蛍《ほたる》が出て、飛び回るからだという。

また亀橋は、橋の下にある大きな岩が亀に似ているからだと言った。

なるほど、弦一郎はまだほたる橋に蛍が飛ぶのは見ていないが、兼七が差す橋の下の大きな岩は、見ようによっては亀に見えるなと感心した。

自然の中に村人の暮らしがあり、村人の暮らしの中に自然がある。

そんな暮らしを兼七は自慢げに話すのである。

兼七は歩くのが早かった。山袴をはいて草鞋姿ということもあるが、常々村を回って、農作物の育ち具合を検見しているのだという。

弦一郎も名主宅で山袴を借りてはいていたが、兼七の足について行くのがやっとだった。

名主の家からこの亀橋まで来るのに、結構な時間がかかっている。その上に、目の先の樹木の中に伸びている山道をさらに登るのかと思うと、正直驚いた。

新田の開発は、内藤家でもずいぶんと期待を寄せて見ているようだが、正直山の中腹にその新田があるとは想像もしていまい。

樹木の中に踏み込んだ二人を、いっせいに蟬時雨《せみしぐれ》が襲ってきた。

いくらも歩かないうちに、樹林の隧道《すいどう》の中を歩いているような山の道は、ずいぶんとひんやりとしているのが肌で感じられる。

弦一郎は周りを見渡しながら、兼七の後に続いた。

道の両端には楢《なら》の木や樫《かし》の木が茂り、檜《ひのき》や杉の木もみえた。足下近くには低木が茂り、名は知らぬが可憐な白い花も見えた。

しばらく歩いているうちに、命が洗われるような心地になった。

「この間道が、昨夜旦那様を訪ねてこられた隣の領地に続いているのですよ」

兼七は、休むことなく、同じ調子で足を運びながら、思い出したように言った。

「ふむ」

すぐ近くの木の陰に、小鳥が飛び立つような鳴き声をとらえながら、弦一郎も黙々と登った。

兼七の言う通り、半刻ほど登ると、急に目の前が開けてきた。

「そこです」

兼七は足を速めた。

まもなく二人が立ったのは、山腹に出来た棚田だった。

だがその棚田は二人が立っているすぐ目の先から土砂が崩れ落ちていて、せっかく開かれたというのに無惨に寸断されていた。目を覆いたくなるような光景だった。

「ここを開いて三年になりますが、これからという時に、昨年の秋口でしたが、大きな嵐に遭いましてご覧の通りです。もともと水を引いてくるのが難しいところでしたからね。その割には地盤が弱い。こういう状態ですから、とても年貢の対象にはなりません」

兼七は、渋い顔をして言った。

しかもこの地は、名主が人足賃を出して、小作人の倅たちに開墾させたのだという。

「小作人の倅に……」

「はい。いつまで経っても小作のままでは嫁も貰えません。一生、人に使われていては生きているという楽しみもなかろうと、旦那様はそうおっしゃって……」

「そうか、藤兵衛はそんなことをな」

「はい。ですから、この田や畑からあがる作物は、当面の間おめこぼし頂くのだと聞いておりました。それを突然小池様がまいられて、この地の様子もご覧にならないま、いろいろとおっしゃったのです。村の人たちは快くは思わなかったのではないかと存じます」

「……」

「いえ、誤解されては困ります。だからと言って、小池様をどうこうしてしまおうなどという輩はおりません」

「わかっている。しかし、もう修復は無理かな」

「はい。崩れたところはむつかしいでしょう。そこで残っているところは畑にして、今は少しばかりの桑の木が植わっております」

なるほど、そう言われてみれば、苗木が畑に並んでいた。

「しかし、この桑でお蚕を飼うのはいつになるのだ」

「三年先です」

「三年もかかるのか」

「はい。他にもいろいろと策はないものかと考えているところですが」

「お蚕か……」

「徳市先生なぞは、人参を育ててみてはどうかなどとおっしゃるのですが……」

　兼七は小さく笑った。

「徳市先生とな、医者でもいるのか」

「はい。お江戸から参られてここに住み着かれたお方です」

「ほう、こんな小さな村に医者とはな」

「はい。皆喜んでおります。もっとも重い病の場合は大八車で八王子の宿場まで運びますが」

「それで？……やってみるのか、人参を」

「いえいえ、ここは人参は育ちません。昔、昔といっても八代《はちだい》様の享保《きょうほう》の時代ですが、人参を試したことがあったらしいのです。ですがまったく育たなかったと日誌にございます」

「そうか」

弦一郎は内心ではがっかりしていた。

これでは、臨時の拠出の、ただの一両も無心すること適わぬではないかと――。

どうしたものかと考えていると、

「何か良い案があればお教え下さいませ。私たちも必死なのです。先年の不作で、籾《もみ》蔵の米も半分近く使いました。今年はその籾蔵も満たしておいてやらなければ、いざという時に飢え死に致します」

兼七は一通り説明すると、引き上げましょうかと言った。

弦一郎も頷いて二人は踵《きびす》を返したが、その時、ふと目の下の土手に茶色の布袋が落ちているのを弦一郎が見つけた。

「なんだあれは」

弦一郎に言われて、兼七はすぐに土手を下りた。

袋は土手の草むらの中に無造作に投げられたという感じだった。

「ややっ」

袋を拾った兼七が、青い顔をして這い上がって来た。

「ご覧下さいませ」

兼七が差し出した袋を取った弦一郎も、

「これは……」

兼七の顔を見た。

袋には、丸の中に山の字の紋所らしい印が墨で書いてあったが、まだ乾いて間もない血痕がついていた。

「これは隣の村の名主様の印です」

兼七が青い顔をして弦一郎を見た。

「兼七……代官所の手代が言っていた押し込み強盗がこの道を通ったということか」

「おそらく……」

俄に二人の胸は、重苦しいものに襲われていた。

二人は足早に山を下りたが、弦一郎はほたる橋の下の河原で、またあの女の姿を見た。

おふゆである。

おふゆは薄物の、下の襦袢が透けて見えるような着物を着ていた。

そんな姿のままで川の浅瀬に足を入れて立ち、洗ったばかりの大根を二つに割ったものを翳《かじ》っていた。

村の皆が粗末な単衣を着て、汗を流して草取りをしている時に、おふゆの身なりや振舞いは異様なものに見えた。

「また帰ってきているのか……」

兼七がぽつりと言った。

困惑したような言い方だったが、昨日おふゆを忌み物でも見るような目で見て「疫病神」と口走った、あの婆さんの声音とは微妙に違った。

「おふゆのことか」

弦一郎が聞くと、

「片桐様はご存じでしたか、あの女を」

兼七は驚いた声を上げた。

「ここに来る前八王子でな、立場茶屋で見かけたのだ」

「そうでしたか、おふゆは私とは幼馴染みなんですが」

「ほう……」

「もっとも私の方が五つほど上ですから、一緒に遊んだのは僅かの間で……」

「……」

兼七は少しためらって、そして呟《つぶや》くように言った。

「おふゆは幸せ薄い女ですから」

「ふむ……八王子の宿に売られていった、そのことを言っているのか」

——それなら、内藤家の女中をしていたお美布だってそうだ。おそらく、ここら辺りの百姓農民の娘たちの多くは、家族の暮らしを助けるために売られていくのが普通のことではないのか。

なにもおふゆに限ったことではない。こんなに美しい自然の中で育つ娘が、長じた時には汚辱にまみれたこの世の苦界《くがい》に追いやられるとは、哀れとしか言いようがない。

瞬時の間にそんな思いが頭を過《よ》ぎった時、

「いえ、そういうことではありません」

兼七は弦一郎の思いを遮るように言った。

「おふゆがかわいそうなのは、おふゆの父親が罪を犯したからなんです」

「罪を……どんな罪だ」

「盗みです……」

「何……」

「もう六、七年前になるでしょうか。日照りが続くかと思ったら長雨が続いたりして、稲だけでなく作物がたいへんな不作になったことがあります……」

兼七はへばりつくように生えている雑草を踏み締める足下を見つめながら話を継いだ。

それによると、兼七が名主藤兵衛宅の手代として歩み始めた頃だという。

兼七はここの村の生まれではなく、藤兵衛の遠い親戚の次男坊で、十歳の頃から藤兵衛に引き取られて育っている。

家が貧しかったからである。

そんな余所《よそ》から来た子どもに、一番早く警戒心も持たずに近づいて来たのが、おふゆだった。

おふゆの家は兼七の実家よりも貧しかった。

野菜は食うだけのものを作ることが出来たらしいが、米を作る田は猫の額ほどしかない。

しかもその田は、今日見てきたような不便な場所で、父親が小作をしながら先代の名主の許可を貰って開いた田である。

実りは通常でも少なかった。

ところが不安定な天候のせいで、村は籾米の確保さえ危ういありさまだったのである。

「村人が収穫した後の田の中で、おふゆはいつも、落ち穂を拾っておりました……」

兼七は、息をついた時に、ふとそんな話もつけ加えた。

おふゆの父親は、その年の秋の実りを祝う酒の席を早々に立ち、村の籾蔵から籾米を盗んだのである。

籾蔵の米は、村人の命綱である。

不作であっても、年貢に拠出した残りからさらに籾米を蔵におさめなければならない。

豊作の年ならまだしも、おふゆの父親が盗みを働いたのは、不作も不作、みな一年をどう乗り切ろうかと苦慮していた年であった。

村人同士の監視の目が厳しいとわかっていながら、おふゆの父親は蔵に忍び込んだのである。

案の定、袋に詰めた米を担いで家に逃げ込むように帰って行ったのを見た村人がいて、すぐに盗みはばれてしまった。

村の掟《おきて》では、盗みを働いた者は三日三晩晒《さら》した後に追放となっている。

おふゆの父親は、ほたる橋の袂に突き立てた棒に、後ろ手にしばられてくくりつけられた。

誰ともなく、石を投げつけ、棒で叩いて通っていく。おふゆの父親はもともと痩《や》せて体力のない人だった。それが災いしたのか、三日目の朝に、くくられたまま息絶えていたのである。

「片桐様。おふゆの不幸せはそれだけではありません。まだ続くのです……」

父親が亡くなったことで、名主の藤兵衛は家族を村から追放することだけは容赦する処置をとった。

しかし、母親がまもなく患って死に、十五になっていたおふゆは、八王子の旅籠《はたご》に自分から進んで身を売ったのである。

「身売りの金で、両親の墓を建てたんですが……その墓が、ほたる橋の近くにあるんです。村の皆に嫌われてるのに、その墓に参る為にたびたび帰って来る……今日もおそらくそうでしょう」

兼七は溜め息をついた。淡々と話しているようだが、弦一郎の目には、おふゆのことがよほど気がかりなのだと思われた。

三

藤兵衛は、すぐに血のついた袋を兼七に持たせると、隣村の代官所に走らせた。

袋は幅が四寸、長さが八寸ほどの袋で、この辺りではその袋に米や雑穀を入れて見舞いや葬式や祝い事などに使っていたし、この重宝な袋は何にでも利用していた。

「これが盗賊が落としていったものだとしたら、おそらく、この袋にお金を入れてあそこまで運んできたのかもしれません。とりあえず隣村の名主に聞けば判ることです」

藤兵衛はそう言ったが、不安の色を隠せなかった。

なにしろ、布の小袋は賊が落としていったものだと判明すれば、代官所の手代が懸念していた通り、この村は盗賊の通り道になっているか、村に盗賊が何食わぬ顔をして暮らしているか、いずれかと考えられる。

「お待たせを致しまして申し訳ありません。して、いかがでしょうか。村も一通り見て下さったとのことでございますが……」

藤兵衛はやんわりとではあるがそう言うと、それでも臨時に拠出してほしいというのかと、先程とはうって変わって、険しい表情を向けてきた。

「内藤家では、まさか、新田から十分な収穫があるにもかかわらず、わたしどもが話に応じない、そんな風に思っていたのではございませんか」

「いやいやそうではない。しかし、どうあれ村の協力がなければ婚礼の式もできぬ有り様なのだ」

弦一郎は若殿辰之助が妻を無事迎えることが出来るよう、とりあえずの臨時の拠出を藤兵衛に願った。

むろん、今内藤家が抱えている借金、今後の返済の目処《めど》についても、隠すことなく数字を出して説明した。

藤兵衛は返答に窮していた。そこで弦一郎は穏やかに言った。

「これはほんの思いつきだと思って聞いてもらいたい。桑の木を植え始めたあの畑だが、まだ少し調べてみなければなんとも言えぬが、例えば紅花を栽培するという方法だってある。それにこの村は江戸に近い。高価なあやめや牡丹などの花の栽培も考えてみるのもいい。まずは知恵を出し合ってみようではないか」

弦一郎が新田の土砂崩れを認めた上で、さらに打開策を考えてくれていると知った藤兵衛は、やっと胸襟をいくらか開いたようだった。

「わかりました、片桐様も、ならぬ話をしようとなされている訳ではないとわかりました。今夜にでも村役二人を呼びまして、若殿様ご婚儀に、ご祝儀として協力が出来ないものかを検討いたします」

「藤兵衛……恩にきるぞ」

「いえいえ、兼七から聞いておりました。あなたさまがいかに真剣に、私どものことを考えて下さっておいでなのか……」

藤兵衛の言葉には曇りがなかった。

弦一郎がひとまずほっとしたのはいうまでもない。

弦一郎はふたたび、ほたる橋に向かった。

夕刻までにはまだ少し間があった。

頭の片隅から、おふゆの姿が離れなかったからである。

八王子の宿で、商人体の男に縋《すが》っていたおふゆは、男に金をつくって見せると威勢のいい言葉を並べていた。それも十日の間になんとかするなどと言っていた。

そのおふゆが、この村に帰って来たのはただの墓参りだったのか。おふゆが何をしようとしているのか、弦一郎には気がかりだったのである。

だが、ほたる橋にはおふゆの姿はなかった。

そこで、兼七から聞いていた、おふゆの両親の墓に向かった。そこにもいなければ、廃屋同然になっている、おふゆの家に立ち寄ってみようと考えていた。

はたして、おふゆは墓の前にいた。

周囲に他の人の墓はなかった。結構な石を使って立派な墓が二つ、ぽつんと建っていた。周りは茅や雑草が生い茂っている。その一角をおふゆが中腰でせっせと掃除をしていた。

弦一郎は近づこうとして、雑木の陰に身を隠した。

一方から、釣竿に釣籠《かご》を持った茶筅《ちゃせん》頭の男が近づいて来たからである。

──おやっ……。

弦一郎は、その男の鼻の上の大きな黒子《ほくろ》を、どこかで見たような記憶があった。

男の身なりからして、どうやら兼七が言っていた村医者の徳市のようだった。

「遅いじゃないか」

立ち上がっておふゆが迎えた。

「金は持ってきたんだろうね」

切りつけるようなおふゆの言葉に、茶筅頭はじっとおふゆを睨みつけたが、

「おふゆとかいうらしいな。与太言うんじゃねえぜ」

恐ろしく伝法な口調で言った。

「何が与太だ。あたしゃ見てたんだ。おいそれと訴えてもいいというのなら、それでもいいけど」

おふゆも怯んではいなかった。

「訴えるだと……」

徳市は険しい目で、じろりと睨んだ。

「ほらほら、その顔がなによりの証拠じゃないか。三十両出してくれたら、あたしゃこの村から出て行くさ。そしてあんたはここで暮らす、誰にも気づかれずにね。どう?……」

おふゆは、徳市の顔を窺っている。

「ちっ」

徳市は舌打ちすると、

「三十両だな」

「そうだよ」

「判った、そのかわりこれっきりにして貰おうか。もしもふたたび俺を脅そうなんて考えたその時には……」

「その時には……どうするのさ」

二人は睨み合ったまま対峙《たいじ》していたが、

「覚悟を決めておけってことさ」

徳市が強烈な一言を吐き、去って行った。

「ふん、なんだい」

おふゆは、徳市の背に悪態をついた。

「おっかさん……おとっつぁん」

おふゆは再び墓の前に跪《ひざまず》いた。

だが人の気配を感じて後ろを振り返った。

「旦那……」

弦一郎が立っていたのである。

「八王子の茶屋、ほたる橋のところで二度、よく逢うな」

弦一郎が笑った。

「ふん、聞いたよ、内藤家の用人さまだったとはね。あたしに何の用……」

おふゆは挑戦するような目を向けてきた。

「今の男は、ここの村医者徳市とかいう男だな」

「らしいね」

「金を要求していたようだが、あの男の何を握っている」

「旦那には関係ありませんね」

「隣の村では押し込み強盗に入られて、金ばかりか人の命まで奪われている。まさかあの男……」

「へえ、そんなことがあったんですか……」

「違うのか……ではどんな理由があって脅していたのだ」

「しつこいね」

おふゆは、癇癪《かんしやく》を起こしたように舌を鳴らし、ふてくされた顔で言った。

「あの男は、この辺りの、人の女房をいいようにしてるとんだ女たらしさ。だから脅したんだ」

「嘘はないな」

「嘘だと思ったら、調べりゃいいじゃないか」

「お前もな、人を脅して金をとるようなことをしていたら、最後はろくなことはないぞ」

「いいよ、あたしのことなんか」

「いいことがあるものか。村人に嫌われるようなことは止《よ》せ。兼七はお前のことを案じていたぞ」

「兼七さんが……」

ふっと、おふゆの顔に柔らかな表情が流れたがすぐに消えた。

「どうせあたしは嫌われ者さ、あたしの方だって別に村の人たちに好きになって貰いたいとは思ってないね。なにしろ、この村はあたしのおとっつぁん、おっかさんの敵《かたき》の村さね。みんな、罰が当たればいいんだ」

「おふゆ」

「おとっつぁんは、病気で伏せっていたおっかさんに、せめて米の粥を食べさせてやりたい、その一心だったんだ。小作人にはそれも許されないっていうのかい……冗談じゃないよ、いくら働いても食うだけの米もない。村の裕福なやつらがのうのうとしてられるのも、おとっつぁんのような人間がいたからこそじゃないか。それなのに、皆して弱り切ったおとっつぁんをなぶりものにして……」

おふゆは、思わず涙ぐんだ。

「こんな村、どうなったっていいんだ……ねえ、おとっつぁん」

おふゆは墓に向かって語りかけた。

「それはそうと藤兵衛。村医者の徳市という男だが、いつからこの村の医者になったのだ」

弦一郎は玄関から門に向かって歩きながら、見送りのために出てきた藤兵衛に聞いた。

藤兵衛のすぐ後ろからは、隣村から戻ってきた兼七がついてきている。

昨夜、村役二人も交えて話し合った結果、村は辰之助の祝言にと金二十五両を捻り出してくれることになった。

ただしこの金は、村の非常時に備えての金であることから、十五両については、内藤家に貸し出すという形をとることになった。

それでも村にとっては、これは前例のない英断だった。

一方、弦一郎も昔上屋敷の御留守居役見習いだった頃のつてを頼って、紅花の栽培に必要な知識を入手することを約束したのであった。

意外に早く江戸に帰れることとなったが、心残りはほたる橋の蛍を見ることが出来なかったことと、その後が案じられるおふゆのことであった。

特におふゆについては、消化しきれぬ物を呑んだ胃の腑が重く感じられる、それと同じような思いがしていた。

「徳市先生ですか、そうですね。もうかれこれ一年になるでしょうか。それが何か？」

「いや、少し気になることがあってな」

「なんでしょうか」

「どこかで見たような気がするのだが、思い出せない……どういうきっかけでこの村の医者になったのだ」

「ふらっと来たという感じでしたが、自分は医者だと言いましてね。こちらも村医者がおりませんでしたから、それじゃあってことで」

「すると、素姓は確かめていないのか」

「なんでも奥御医師の松沢精軒《まつざわせいけん》とかおっしゃる方のお弟子筋とかで……何か不審なところでもありましたか」

藤兵衛は、怪訝な顔をした。

「奴はおふゆに脅されているぞ」

「おふゆに……」

兼七の眼にも驚きが走ったのがわかった。

「旦那様、まさかとは思いますが、昨日代官所で聞きましたところ、名主の家に入った押し込みは二人だったようですが、目だけを出した黒い頭巾をかぶっていたようです。ところが、まだ若い二十歳前の使用人にこの頭巾に手をかけられて、兄貴分と思われる男の顔が一瞬だが見えた。それでこの使用人は殺されたようなんですが、賊の顔を他にも見た者がいたんです。その者の話によると、鼻のところに大きな黒子があったと……徳市先生の鼻にも同じような黒子が……」

「兼七、その代官所での話はまことか」

弦一郎は立ち止まった。

「兼七、滅多なことを口にするものじゃありません」

藤兵衛はたしなめたが、弦一郎は真剣な顔になっていた。

「俺は、おふゆからは徳市の女たらしのシッポをつかんで、それで脅していると聞いた。それが嘘だとしたら……」

「旦那様、ちょっとおふゆを見てきます」

兼七は門を走り出た。

「兼七待て、俺も行こう」

弦一郎も兼七の後を追った。

おふゆの家はほたる橋近くの水車小屋の近くにあった。二人が駆けつけた時にも、水車小屋の中の杵《きね》の音と水車が回る音が辺りににぎやかに響いていた。

朝の霧がまだ地を這うように残っていて、朽ちかけたおふゆの家もその霧の上にあるように見えた。

庭には、柿の木や栗の木が植わっていたが、霧の畑でいずれも青い実をしっかりとつけていた。

奇妙で、不思議で、そして不安をそそる光景だった。

「おふゆちゃん」

兼七が、入り口の戸をがたぴし音を立てながら、思いきり引っ張って開けた。

二人が中に踏み込むと、廃屋のような家の中も適度に片づけられていて、板の間に筵を敷いた茶の間におふゆが俯せに倒れて呻《うめ》いているのが見えた。

「おふゆ」

弦一郎は走り寄っておふゆを抱き上げた。

「これは……」

おふゆの胸は血で染まっていた。

「しっかりしろ、おふゆ……」

弦一郎が呼びかけると、おふゆは苦しげな顔にうっすらと笑みを浮かべて、

「旦那……旦那のいう通りになっちまったね。やられた、あの男に」

「徳市だな」

「旦那、あいつはね、前の御用人を殺した奴だよ」

「何」

「あの祭りの日にあたし、この村の村役二人に呼ばれて八王子から帰ってきていたんだ」

「蔵八さんと竹之助さんのことか」

側から覗いた兼七が言った。

おふゆは頷いて、

「二人にさ、内藤家の用人を誘惑しろって言われていたんですよ。この上金や米を拠出しろと言われても村は困る。お前の色気で御用人を籠絡《ろうらく》したあかつきには、お前の父親の罪は消えるし、おまえもいつ村に帰ってきても快く村人が迎えてくれるようにしてやるからって」

「なんと……」

弦一郎は兼七と見合った。そしておふゆに視線を戻すと、

「兼七さん、あの日、御用人は早々に神社を後にしたでしょ」

おふゆは兼七が首を縦にふるのを見届けた後、話を継いだ。

神社を出た小池用人をおふゆが尾けようとした時だった。

おふゆはあわてて小池の後を追いかけて来た人影があるのを知った。

月の光で、その者は村医者の徳市だとわかった。

小池を徳市が尾け、徳市のうしろから、おふゆが尾けることになった。

徳市はほたる橋の袂で小池にいきなり後ろから飛びかかった。

「な、何をする」

小池は首に腕をかけられたまま白い顔で振り返り、

「やはりお前は、猫目の徳十……」

と声を上げたのである。

「死ね」

徳市は思いきり両手で小池の首を締め上げた。

「うう……うう」

小池は声にならない声を上げて、徳市の首のあたりを引っ掻いていたが、やがてそ

の手がぱたりと下にぶらさがった。

　徳市は、小池の両足をずるずると引っ張って、河原に下りた。

　小池を水際に転がすと、その手を洗い、顔を洗って、水をむさぼるように呑んだ。

　おふゆは土手の草むらから、この様子を震えながら見ていたのである。

「旦那……そういうことなんですよ。私は旦那に嘘をついた。あの徳市って男はね、ただの女たらしなんかじゃなかったのさ、人殺しだったんだ。人殺しを脅したって責められやしない、そう夕カをくくって脅してやったんだ。人殺しの向こうを張ってやったのさ。でもね、あいつの方が一枚上手だった。金をせびり取る前にこっちがやられちまった。ざまあないね」

「わかった、わかったぞ、おふゆ。俺も思い出した。猫目の徳十といえば、いっとき江戸市中を荒らした盗賊だ。村医者め許せぬ。おふゆ、わかったからもうしゃべるな」

　弦一郎はおふゆに言い、

「兼七、皆を呼んでくれ。藤兵衛の家に運んで手当てをする」

「はい」

　兼七は飛んで行った。

「旦那……ありがと」

「もうしゃべるな。八王子の茶屋で見かけた清吉とかいう男、あれはおまえの想い人なのだな。清吉が待っている、踏ん張るんだ」

「あの人……待ってるものですか……私にはわかってたんですよ。でも、それでも諦めきれなくて、悔しくて……」

「おふゆ」

「いいんですよ、あたし……まさか旦那のようなお方に抱かれて死ねるなんて……」

おふゆは目をつぶった。

「しっかりしろ」

弦一郎は腕の中のおふゆを揺すった。

「あったかいねえ、旦那の腕は……あったかいよ……」

おふゆはそう言うと、弦一郎の腕の中で萎《な》えた。

「おふゆ……」

――哀れな……。

弦一郎は怒りを覚えていた。

四

「片桐様、それでは私はここで失礼致します」

兼七は、知行地の外れの欅《けやき》の茂る雑木林を抜けたところで、弦一郎に丁寧に腰を折った。

「うむ。いろいろと世話になった」

「とんでもございません。八王子までお供したいのですが、申し訳ございません」

兼七は竹皮に包んできた弁当と、お茶の入った竹筒を弦一郎の手に渡した。

「俺も江戸に戻ったら、奉行所に当たってみよう」

「よろしくお願い致します。知らなかったとはいえ、内藤家の知行地で悪党を長い間住まわせていて、しかも取り逃がしたと世間に知れれば、旦那様もどのようなお咎めを受けますことか、いえ、殿様にまでご迷惑をおかけすることになるかもしれません。私もこれから戻りまして、きっとあのえせ医者を捕まえるまで探索します」

「気をつけろ。もしも山に潜んでいれば奴は追い詰められた獣そのもの、相手の命をとることなどなんとも思ってはおらぬ」

「はい」

兼七は神妙に頷いた。

「藤兵衛どのによしなにな」

弦一郎は見送る兼七に背を向けた。

兼七は、弦一郎が野を抜ける曲がり角を曲がるまで、そこにじっと立って見送っていた。

刺されたおふゆを発見したのは、昨日の朝だった。

おふゆを刺した者が、かつて江戸で猫目の徳十と恐れられた押し込み強盗で、しかも前任の用人小池を殺したとわかり、あのあと弦一郎と兼七は村医者徳市の家に向かった。

おふゆが刺されて、まだいくらも時間がたっていないと思われたからだ。

だが村医者の住んでいた家には、人っこ一人いなかったのである。

徳市先生こと徳十は、おふゆを刺してすぐに、鳥が飛び立つように慌ただしく村を出て行ったらしく、部屋の中は干した薬草などが散らばっていたが、金や衣類のたぐいはなくなっていた。

村は藤兵衛の指揮のもと、昨日一日山狩りを行ったが、徳十の姿を見つけることはできなかった。

隣村の代官所や、周囲の国境の村々とも連携して、今日も探索を行っているが、やはりまだ逃げた方角さえつかめていなかった。

まだ山中に潜んでいるということは、十分考えられる。それで山狩りはまだ続いていた。

弦一郎も結局、一晩延長して滞在し、捜索に加わって本日の帰京となったのである。

ただ弦一郎は、一日延長して滞在したついでに、内藤家の女中だった美布の兄や、その他の使用人の家の者たちにも面談して、みな息災に暮らしていることを伝えている。

――あとは、おふゆのこと……。

弦一郎は八王子に入ると、旅籠屋『岸田屋』に入った。

岸田屋の女将に、おふゆの不幸を伝えると、

「年季はあけておりましたからね、それはよろしいのですが、あんな男の話を真にうけて……」

大きな溜め息をついたのである。

「女将、知っている限りのことを教えてくれぬか。清吉はこの宿に泊まっているので

はないのか」

「旦那、そんなにせっつかないで下さいまし」

「いや、悪かった。俺も急いで屋敷に戻らねばならぬが、おふゆのことは放ってはおけぬのだ」

「清吉さんは、この八王子あたりの、生絹の地元の買付人なんですよ」

「買付人とは絹のことか」

「さようです。ご存じかどうか、江戸店《だな》には買役と呼ばれる方がいらっしゃいまして、その人が地元の人間を使って品《しな》のよい生絹を買い集めます。それが買付人と呼ばれる人たちです」

「なるほど、では、ここで買い付けて江戸に送っていたのか、清吉は」

「いえいえ、この辺りの六斎市《ろくさいいち》などで仕入れましたら絹宿に集められまして、そこから京に送ります。京の糸問屋で、練《ねり》や染《そめ》、張《はり》といった加工の仕上げを致しまして、ようやく立派な品となるのです。清吉さんの仕事は、地元で買い集めるまでの仕事、絹宿から先の仕事はしていません」

「すると、三十両という金は、買い付けの金だったのだな」

「たぶんね。でもどこかでなくしたなんて怪しい話ですよ。あたしもね、おふゆちゃんから『清吉さんがお店を構えて商いを大きくしたいと言ってるの。その時はお前が女房だと言ってくれてるんですよ』なんて話聞いたことがありました。でもね、おふゆちゃんには気の毒だけど、眉唾ものだって思ってたんですよ」

「……」

「清吉さんは賭け事が好きだから、以前にも一度、和泉屋さんところの女郎を騙《だま》してお金をくすねていたことがあったんです。ですから私もおふゆちゃんには、ずいぶん用心するように言ったんですけどね、聞く耳持たなかったんですよ」

「おふゆも薄々、清吉がどんな男か知っていたらしいのだが」

「清吉さんは色男だから……あんないい男が本当に亭主になるならって賭けたんでしょうが……おふゆちゃんは村八分みたいなことでうちに来てたでしょ、だから人もうらやむような幸せをつかみたいって思ったんでしょうね。でも、その前に殺されたんじゃあたまんないわね」

女将は、二度も三度も溜め息をついた。

女中におふゆの遺品を片づけるように言いつけたが、その女中がすぐに引き返して、女将に一枚の走り書きした文を手渡した。

「女将さん、荷物はこうなることがわかっていたように片づけてありました。これは行李《こうり》の上に置いてあったものです」

女将は紙をさっと見て、弦一郎に渡した。

そこには、衣類その他は同僚の女たちに使ってほしいということ、行李の中にある一両の金は、もしもの時の自分の後始末に使ってほしいなどと走り書きしてあった。

弦一郎は、その紙を握り締めて立ち上がった。


「いててて、何しやがるんだよ……」

買付人の清吉は、人馬継ぎ立ての問屋前にある小屋の中で、駕籠かきや馬方たちと博打に興じていた。

その清吉が襟首をいきなり弦一郎につかまれて、何が何だかわからないうちに、表に引きずりだされたのである。

人馬継ぎ立ての問屋とは、旅人がここで次の宿場までの駕籠や馬を頼む場所である。また出入りの荷物の重さや中味の検分も、この問屋は担っていた。

駕籠や馬は、宿場から宿場までと決まっていて、例えば同じ駕籠かきの駕籠で、ずっと道中を通すなどという訳にはいかない。

宿場の人馬の問屋から問屋へ、これが原則だった。

だから駕籠かき人足や馬方たちは、日によってはその人数が足りない時もあり、今日のように暇を持て余して博打をするしかない日もある。

弦一郎は岸田屋の女将から、清吉が市のない日は、どこで暇を過ごしているのかを聞き、二、三の博打場をまわって、ようやくこの問屋の庭のうちにある遊び場を探し当てたのであった。

「離しやがれ、ちくしょう。俺は旦那を知らねえぜ。人違いじゃねえのかい」

問屋の庭の片隅に引きすえられた清吉は、端正な顔を醜く歪《ゆが》めて怒鳴った。

醜男《ぶおとこ》が邪悪な表情をつくったところで、どうというものではない。

だが、人の目をひく優男《やさおとこ》が、悪人面を作った時には見るに堪えられない醜悪なものとなる。

「近江屋の買付人で清吉だな、間違いない。お前は知らぬことだが俺には見覚えがある」

弦一郎は怒りで朱に染まった、仁王のような顔で見下ろした。

「だ、旦那……旦那はいったい」

「名乗っても知らぬだろう。ただこれだけは言っておこう。葉山村を領する内藤家の用人だ」

「な、なんだって」

びっくりしたのは清吉だった。

「領内の者が、お前の卑しい奸計によって死に至った。黙って見過ごすことは出来ぬ」

「何のことですかい。知らねえや」

清吉は戸惑い半分、恐怖が半分の眼を泳がせた。

「おふゆを知っているな」

「………」

「答えろ、おふゆだ」

襟首をねじ上げる。

「うっ、うっ、離してくれ……知ってる。おふゆがどうした」

「ばか者」

弦一郎はいきなり清吉の頬を殴った。

清吉は二間ほど吹っ飛んで、広場に積み上げてあった薪の束に毬《まり》のように当たって転がった。

俄に見物人が集まってきて、二人を取り巻いた。

苦しげにうめく清吉の側に片膝立ててしゃがんだ弦一郎は、厳しい声で清吉に言った。

「俺が調べたところでは、お前は近江屋から預かった仕入れの金を、横山の万蔵親分の賭場《とば》で全額すった。そこでかねてから別れたいと考えていたおふゆに、金を盗まれたの落としたのと嘘をついて、おふゆにあの金がなければ一緒になれないなどと泣きを入れた……そうだな」

「………」

「俺はその時の様子を見てるんだ。まさかこんなことになるとは知らずにな。立場茶屋に俺はいたんだ」

「旦那……」

「おふゆはな、それを真に受けて……いや、お前の嘘を見抜いていたのに、最後の最後、お前に賭けたんだ」

「………」

「自分を村八分同然にしている村に戻って、お前のために人殺しの凶状持ちを脅した……そして殺された」

「おふゆが……殺された」

「そうだ。おふゆは殺されたのだ」

「……」

「お前に人並みの情というものがあるのなら、一度葉山村に出向いて、おふゆの墓に線香を手向けてやれ。いや、手向けろ。これは命令だ。手向けてやらねば許さぬぞ」

「へい……へい……おっしゃる通りに致しやす」

「名主の家に兼七という手代がいる。その者に聞けば墓はわかる。いいか、四十九日の間にお前がまだ墓に参ってなかったその時には、腕一本、足一本、貰い受けるから覚悟しろ」

「へい、必ず、必ず参りやす」

「これを機会に、今の暮らしをやめろ。あの世からおふゆが見ておるぞ」

弦一郎はそう言い置くと、すっくと立った。

「御用人」

後ろに内藤家の若党三平の声がした。

「どうしたのだ、こんなところまで」

「行き違いにならなくて良かったです。村まで迎えに行くところでした。殿様の容体がお悪いのです」

「すぐに屋敷に戻って頂きたいとのことです」

三平は、駆け通しの道中を思わせる、汗と埃まみれの顔をしていた。

「何……」

五

弦一郎と三平が内藤家に入ったのは、五ツ（午後八時）頃かと思われる。

門を入ると門番が慌てて出てきて、神妙な顔で出迎えた。

「お帰りなさいませ」

「殿のご容体は……」

菅笠を門番に手渡しながら、弦一郎が聞いた。

「はい。殿様はただいま御医師武田様のご診察を受けております。御用人さまには、すぐに殿のご寝所においでくださいとのことです」

「わかった」

弦一郎は玄関先で女中が用意していた足桶で汚れを落とすと、急いで奥に向かった。

内藤家の主孫太夫が伏せっている部屋は、中座敷とよばれる主の居間である。

その部屋の手前廊下から奥に向かうと、奥方の部屋があった。

辰之助の部屋は、鉤《かぎ》の手になっているもう一つの廊下の奥だった。

弦一郎が主の部屋の廊下に赴くと、医者が部屋から出てきたところだった。

弦一郎は医者と擦れ違ったが、足を止めて振り返り、

「お医師、殿のご容体は？……この家の用人だ」

小さい声で聞いた。

「ご用人様、帰られましたのか」

医師は、はたと足を止め、じっと弦一郎を見て、

「山は越えました」

静かに頭を下げて、さがって行った。

「片桐殿……」

部屋に入ると若尾が目顔で促した。

主の枕元には、奥方の世津、若殿の辰之助、控えて若尾が座していた。

皆やつれてはいたが、ひとまず安堵というところか、穏やかな空気がその場を占めていた。

「ただいま戻りました」

弦一郎は伏せっている孫太夫の前に進み出ると、挨拶をした。

孫太夫は小さく頷いた。そして顔をゆっくりと回すと、弦一郎をじっと見た。

どうだ、なんとかうまく行きそうかと、そんな表情だった。

「ご安心下さいませ。行く先に光がみえて参りました。あとは殿がお元気になられることです。藤兵衛も村の者たちも、みな殿のお体を案じておりました」

弦一郎は藤兵衛から預かってきた手紙と、融通して貰った金子を包んだ紫の袱紗《ふくさ》を膝前に置いた。

辰之助がそれをひきとって、孫太夫の目の前で袱紗を解いた。

金二十五両の封印された黄金が、孫太夫の前に頼もしい光を放った。

「お、恩にきるぞ」

孫太夫はそう言うと、ほっとした顔を見せた。

「父上、後は私にお任せ下さいませ。この弦一郎の薫陶を受けて、きっと内藤家を立て直して見せます」

辰之助の言葉に、孫太夫はうんうんと頷いて、世津と嬉しそうに見合ったのであった。

孫太夫はそれですぐに眠りに入った。

世津と若尾を部屋に残し、弦一郎は辰之助とその部屋を退出した。

辰之助の部屋に戻ると、弦一郎は葉山村での現状を細かく説明し、新たな産業についても、自身の考えを述べた。

「そうか。父上の容体がもう少し落ち着けば、俺も一度村を訪ねてみるつもりだ。その時は、お前にも同行を頼みたいが無理かな」

辰之助の顔には、以前になかったはつらつとしたものが見える。

「乗りかかった舟です。その時はお供いたしましょう」

「お前のいぬ間に、実は婚儀の話も進んでいる。舅になる人の力添えもあり、ひとつお役の話も舞い込んでいる。お前のお陰だ」

「それはなにより、いや、ひとつご報告が遅れましたが、そういうお話があるのならなおさら、是非とも決着つけねばならぬ事件がございまして……」

弦一郎は押し込み強盗が村に潜伏していて、それが猫目の徳十だと気づいた先の用人小池も、その男に殺害されたいきさつを報告した。

辰之助は知行所で起こった血なまぐさい騒ぎに、顔を蒼白にさせて弦一郎に言った。

「どうすればよい……放ってはおけまい」

領主としての責任、まずそれが頭に浮かんだようだった。

「私にお任せを……」

「私の任期はあと僅かですが、その間に徳十捕縛に全力を尽くします」

「弦一郎……」

「よろしく頼む」

辰之助は、強い口調で言い、頷いた。


翌日、久し振りに長屋でゆっくりと睡眠をとった後、弦一郎は神田佐久間町にある『千成屋』に立ち寄った。

「おや旦那、お久し振りでございます」

お歌が板場からにこにこして出てくると、

「旦那がおいでだよ」

奥に向かって大声を上げた。

奥というのは裏庭のことである。

店はあけたところで、客はまだ一人もいない。

この店は、忙しくなるのは昼ごろからで、夜はけっこう遅くまで開いていた。

ただ、客が入って忙しいのはお歌だけで、息子の鬼政こと政五郎は、女房を離縁してからは捕り物ひとすじの暮らしを送っており、近頃は植木に凝っている。

「まったく、時間があれば植木の世話ばかりしてね。少しは店を手伝ってくれればいいのにさ」

お歌は大声で言った。

人前でも遠慮なく息子をこき下ろすが、そこは母親、本心で言っているのでないことは明白である。

「旦那、お帰りになっていたんですか」

まもなく鬼政は、手ぬぐいで手を拭きながら、店に出てきた。

「ちょっといいか。手伝ってほしいことがあるのだが」

弦一郎は、板場に入ったお歌の姿をちらと見て言った。

「なんでございやしょう。その顔ではよほど難しい話かと存じやすが……ここではなんですから、上に参りやしょう」

鬼政はそう言うと、お歌に茶を頼んでから階段を上った。

「いや、実はな鬼政……」

弦一郎は徳十の話をした。

「最初に会った時から、どこかで見た顔だと思っていたら、一年前に読売で大々的に徳十の悪を載せたことがあったろう。その時の手配書の顔だったのだ」

「徳十……覚えていますとも、いやあの男は、北町奉行所挙げての探索を行いやしたが、その後ぷっつりと消息を絶っておりやしてね。しかしまさか、そんなところに潜んでいたとは……」

「押し込みは二人で働いているらしいが、片割れの身元は承知か」

「へい。わかっていることは、徳十の相棒はとんでもねえ身軽な男で、盗人《ぬすっと》うちでも『猿丸』と名がついている野郎ですぜ。これまで、つまりこの御府内から姿を消すまでの奴等の仕事ぶりは、それと目星をつけた押し込みの家に、猿丸が軽々と夜陰に紛れて忍び込み、閂《かんぬき》をあけて徳十を入れ、家の中にいた者全員を目隠しして縛り上げる。もしも顔を見られたら、必ず殺す。そうして金を奪って行くという凶悪な奴等です」

「そうか、間違いないな。葉山村の近隣で起きた押し込みの手口と同じだ」

「ちきしょう。どこにいやがるんだ」

鬼政は、拳で膝を打った。

「鬼政、解《げ》せないのは、徳十は葉山村では村医者としてのうのうと暮らしていたらしいが、奴にそんな芸当が出来るのか？」

「奴の親父は、品川で藪《やぶ》医者の看板を上げていたそうですから、見よう見真似で村医者になりすましていたに違いねえ」

「ふむ。すると、その親というのは、まだ生きているのか」

「いえいえ、とっくに亡くなっておりやす。当時あっしが調べたところでは、藪医者の親父さんは患者を毒殺した罪で死罪、母親もその件に結託していたとして遠島になっておりやす。おそらく、もう生きてはいないと存じやすよ」

「すると、その後の徳十は天涯孤独ということか」

「へい。藪医者の事件で親父が死罪になったのが、奴が十五歳の頃ですから、その後の二十年はたっぷり悪の血を吸って生きてきておりやす。奴は根っからの悪党でございやす」

「……」

弦一郎は溜め息をついた。

「ひょっとして江戸に舞い戻っているかもしれぬと思ったが、読みが浅かったかな」

「いや、諦めるのは早いですぜ。旦那、奴には深川に女がいたんですよ」

「何……」

「今でもいるかどうか、それはわかりやせんが、もしもまだ深川にいれば、奴は必ず女のもとにやってきますよ」

「よし……」

弦一郎は組んでいた腕を解いた。

「そうと決まったら、旦那、腹拵《ごしら》えを致しやすか。あっしもまだ昼は食ってはおりやせん」

「そうか、俺もだ。お前の話を聞いたら腹が空いてきたぞ」

「旦那、久し振りの大捕り物になりそうです」

鬼政は高揚した声で言い、にやりと笑った。

六

深川の小名木川《おなぎがわ》が大川に流れ落ちる少し手前、川筋の南側に海辺大工町という細長い町がある。

猫目の徳十の女の店は、その町の外れにあった。小名木川に架かる万年橋がよく見える河岸地《かしち》にある縄暖簾の店だった。

店の名は『おせい』。

女の名がそのまま店の名になっているらしい。

そのおせいの店を、向かいにある小間物屋の二階から弦一郎と鬼政が交替で張り込みをはじめてもう五日になるが、毎日昼前に十歳ぐらいの男の子があさり売りに来る。

「あさり──、しじみ──よぉい。あさり──むきみ──よぉい。あさりはあ──まぐりよぉい……」

男の子は袖無しの短い着物を着て、大人が使う天秤棒よりも一回り短い棒で、桶に入れた貝類を担いで、大声を張り上げてやって来る。

するとおせいがいそいそと出て来て、これを買い求めるのであった。

ある日鬼政が、

「おめえ、あさりを売るのに、なんでこんな時間になるんだ。あの店は毎日買ってくれる上得意じゃねえか。朝一番になぜこない」

男の子に聞いた。

すると男の子は、

「女将さんが、うちはいいから最後においでと言ってくれたんだ。多くても少なくても、桶に貝が残らないようにしてあげるからって」

「なるほどそうかい。おめえは、あのおばさんが好きか」

「大好きさ、おいらにはおっかさんがいねえ。だから、おっかさんのような気がするんだ」

と言うのであった。

猫目の徳十の女は、徳十と違って人の情のあつい女のようだった。

歳の頃は二十四、五かと思われるが、おせいはとにかく良く働く女だった。

店は一人で切り盛りしているらしく、朝は早くから起き出して店の掃除や仕込みをして、魚屋が来れば魚を仕入れ、野菜売りがくれば野菜を買い、肴《さかな》を仕込んで万端整えて客を待った。

弦一郎も夕刻になると、客を装って店に入ったが、客のあしらいも丁寧だった。

媚びを売るよりも、心を売るといった商いの仕方だった。

誰をも平等に扱って、見ていて気持ちがよかった。

それになにより、肴の味付けがよかった。

弦一郎は毎夕刻、決まった時刻に顔を出し、決まった量の酒と肴を食していた。

「鬼政、おせいは本当に徳十の女か……どう見ても信じられんな」

弦一郎が言うと、

「あの女はね、旦那。これはあっしが徳十の周辺を洗っていて聞いた話だが、昔浅草の醤油屋で働いていた女中だったらしいですぜ」

「ほう、それがなぜ盗賊の女になったのだ」

弦一郎は半信半疑だった。

「そりゃああっしにもわかりませんが、今から七年も前のことです。浅草の阿部川《あべがわ》町《ちょう》にあった醤油味噌屋が押し込み強盗の猫目の徳十に入られまして、金を根こそぎ盗られたばかりか、主をはじめ手代たちまで皆殺しにされました。ただ一人、田舎から出てきて奉公をはじめたばかりの女中は殺されずに済んだんですが、翌日行き方知れずになったんです」

「それがおせいというのか」

「はい。おせいという名の女でした」

「まさかな、同一人物とは言えまい」

「年格好がそっくりです」

「しかし、なぜ一人だけ助かったのだ？　顔を見られたら皆殺しだと聞いている。仮に奴らの顔を見ていなかったとしても、なぜ主一家を殺した悪党の女になっているのだ」

「それはあっしにも説明のしようがありません」

「だったら、あのおせいが、その醤油屋の女中だったとは言えぬぞ」

「本人に質《ただ》した訳ではありませんが、あの時拾い集めた話を繋ぎ合わせると、他には考えられねえんですよ。そりゃあ、突然そんな突拍子もねえ話を聞いたら、まさかと思いますがね」

さすがの鬼政も、弦一郎に詰め寄られて、おせいの素姓はあいまいになってしまった。

「旦那……」

店の前を見下ろしていた鬼政が、ちらりと弦一郎を見て促した。

店の前に、着流しのやくざ風の男が立った。

背の低い男だが、いつも頬かぶりをしてやって来る男で、夕刻になると店の前に立ち、様子を窺うのであった。

ところが今日は店の中に入っていった。

「よし、今日は顔を拝んでやるか」

弦一郎は刀をつかんで立ち上がっていた。

頬かぶりの男は、店の隅に腰をすえてからもう一刻以上、一人でちびりちびりと呑んでいた。

その目はずっとおせいをとらえている。唇が厚くて紅をつけているように赤かった。背は低く、小柄である。ただその目は、眼底から射るような光を放っていて、おせいの姿をずっと追っている。

隙《すき》を窺っているのは明らかで、まわりの客の様子からみて、その男は異質に見えた。

ただ、当のおせいは、ことさらにその男に注意を払うでもなく、むしろ敬遠しているようだった。

――おせいの色か。

弦一郎は最初、店に入った時にはそんな事を考えてみたが、そうではなかった。

店の客が一人帰り、二人帰り、やがて店には弦一郎とその男だけになった。

男は弦一郎が出て行くのを待っていたようだが、弦一郎は動かなかった。

すると、業《ごう》を煮やしたのか、すっと男が立った。

板場で洗い物をしていたおせいにゆっくり近づいた。

「おい」

おせいはきっと、挑むような目を向けた。

男はかまわず押し入って、おせいの前に立ちはだかった。

弦一郎には男の背中しか見えない。

男は押し殺した声で、おせいに何か言っていたが、弦一郎には聞こえなかった。

弦一郎は立ち上がった。二人の様子が尋常ではないと思ったからだ。

だがその時、男はすいと板場から出てくると、弦一郎に顔を背けるようにして、外に出て行った。

「女将……大事ないか」

弦一郎が近づいて声をかけた。

「ああ……」

おせいは顔を覆って泣きくずれた。

「何と言われたのだ……あの男は誰だ。話してみないか、力になれるやも知れぬ。いや、こっちもあんたに聞きたいことがある。悪いようにはせぬぞ」

「旦那……」

おせいは哀しげな目で弦一郎を見上げた。

七

——本日閉店——

おせいは、下駄を鳴らして表に出て来ると、店の戸に知らせを書いた張り紙をした。しばらく感慨深げにその紙を眺めた後、振り返って弦一郎と鬼政がいる小間物屋の二階を仰ぎ見た。

弦一郎が静かに頷いてやると、おせいはほっとした表情を見せて、店の中に入って行った。

おせいの下駄の音は寂しげだった。

「旦那、あっしがドジを踏まなきゃ、今ごろ奴等を捕縛していたのに残念です」

鬼政は悔しそうに言う。

三日前の夜のこと、鬼政は店を出て来た頬かぶりの男を追った。

店の中で、おせいが男に脅された、あの晩のことである。

かねてより、怪しげな人間がおせいに近づいて来たその時には、男を追尾することに決めていた。

しかしあの夜鬼政は、頬かぶりの男をつけたものの、小名木川に架かる高橋《たかばし》の袂で男が待たせていた猪牙舟《ちょきぶね》に乗ったために、追尾出来なくなったのだった。

舟は小名木川を東に向かって走って行ったが、その舟がずっと東に抜けたのか、あるいは横川を北に上って本所に抜けたのか、また南に下がって洲崎や富岡八幡宮の方に行ったのか、見失った後では見当もつかなかった。

男は取り逃がしたままだが、おせいの話から一気に二人を捕縛する日が近くなったのは間違いなかった。

弦一郎はあの日、おせいから話を聞いた。おせいは徳十のために人生を狂わされた、気の毒な身の上だったのである。

「旦那、旦那のおっしゃる通り、私は昔醤油屋の女中だったおせいでございます」

あの晩、おせいの告白は、その言葉から始まった。

弦一郎が頷いて目を向けるとおせいは息を整えて言った。

「七年前の秋のことでした。旦那さまは一粒種の松吉ぼっちゃまに、旦那さまの生まれ故郷の上州の秋祭りを見せてやりたいなどと申されまして、送り届けて帰ってこられました。おかみさんを先年亡くして、ぼっちゃんが寂しい思いをされているのを不憫に思われてのことでした」

その晩のことだった。

夜食をすませ、みな床についた頃、押し込みがあったのである。

「騒ぐな。騒ぐと殺すぞ」

恐ろしい男の声が闇に響いた。店には番頭が一人、手代が二人、小僧が一人、そして台所に女中が二人、ただし女中の一人は通いで、夜はおせい一人になった。

とにかく主の松之助も含めて、店にいた者たちは、次々に部屋から引っ張り出されて、ひとところに集められた。

その恐怖の叫びが、おせいのいた部屋まで聞こえてきた。おせいは布団を被って震えていた。

すると、

「見たな。生かしてはおけん。猿丸、殺せ」

また恐ろしい声がして、次の瞬間家の中に断末魔の声が響いた。

「旦那さま」

手代の一人が廊下を走ってきたようだったが、その手代も、おせいの部屋の前でどさりと倒れ落ちて、苦しげな呻き声をあげた。

「おい、金は残らずいただくんだ」

男の声がした時を最後に、おせいは布団の中で気を失っていた。

気がついた時、おせいは誰かに抱かれていた。

思わずつき放そうとしたが、恐ろしい顔で睨まれておせいは力を失った。その男が、鼻に大きなほくろのある徳十だったのである。

おせいは、徳十に辱《はずかし》めを受けていた。

頭の中は真っ白になり、おせいはぼんやり舌を嚙《か》み切って死のう、そう思ったが、

――死んでなるものか、このことをお役人に訴えなければ……。

おせいは、月の明かりの差し込む青くみえる部屋の中で、手代の死に顔を見ながら、そんな事を考えていた。

徳十は乱暴をし終わると、

「いいか、お前が俺を訴えたら、お前を辱めたことを世間にばらすぜ、いいな」

徳十はそう言うと、

「おい、引き上げだ」

廊下に向かって言った。

「へい」

金の入った袋を抱えてそこに現れたのが、猿丸だったのである。

「片桐様とおっしゃいましたね、その猿丸が、先程ここに現れた男なのです」

おせいはいったん話を切って、先の男が猿丸だと証言した。

そして話を継いだ。

おせいは押し込み強盗の二人が去ると、町方の役人に届けようとふらふらと表に出

た。

だが、歩いているうちに、おせいは訴え出る気力を失って、そこに崩れた。

徳十に凌辱《りようじよく》された心身の痛みに耐えられず、結局おせいは、奉行所にも番屋にも行かなかった。

途方にくれて隅田川に出た。

——やはり、死ぬしかない。

そう思って駒形堂前の河岸まで歩いてきた時である、ふいに猿丸が側に寄ってきた。

「兄貴が待ってるぜ」

猿丸が指す先に、黒く見える船が揺れていたのである。

おせいは、そこまで話すと、弦一郎をちらと見て、また深い溜め息をついた。

弦一郎は黙っておせいを見ている。

おせいは促されるように話を続けた。

「それからまもなくです、ここにお店をもったのは……私はもう、自分で自分のこの先を考えられなくなっていました」

おせいは哀しそうに言った。

「恥じることはない。田舎から出てきて間もないおまえが、そうなるのも無理はない」

弦一郎は言った。

たしかに徳市の言いなりになった、おせいの行いは褒められたものではない。だが、おせいにはそれしか道が見つからなかったに違いない。

おせいが哀れだった。

「馬鹿でした」

おせいは言った。

おせいの話では徳十は用心して、絶対おせいの店で寝起きはしなかった。

ふらっと来て、さっさと帰った。

だが、一年前のこと、押し込みに失敗した徳十は、どこかに消えてしまったのである。

おせいはほっとした。

そんな時に、あさり売りの男の子が顔を出すようになった。

聞けばまだ十歳という。

しかも名は松吉、いろいろと身の上を聞いておせいは仰天した。

目の前の松吉は、あの世話になった店の、たった一人生き残った男児だったのである。

何もかも失った松吉は、遠い親戚の家にいるのだという。

だが、松吉はくったくがなかった。

「おいら、おばさんを見て思ってるんだ。おいらのおっかさんも、きっと、おばさんのような人だったんだって……」

「松吉ちゃん」

おせいは、震える声で言った。

おせいは、盗賊が入った後に店が潰れたことは噂で聞いていた。

一人残った松吉はどうしたろうと、ずっと気がかりだったのである。

それがまさか、この深川に住んでいたとは……生きて巡り合えたことの喜びはあった。

だが、自分があの店の女中で、今はあの時の盗賊の女になっているなどと言えるわけがない。

しかし、昔の暮らしが窺えないほどの貧しい暮らしをしている松吉の事を知り、胸が潰れる思いだった。

「おばさん、毎日ここにあさりを売りに寄ってもいいかい」

松吉が人なつこい顔で言った。

「いいとも、きっと寄りなさい。あたしがね、残ったあさりを全部買ってあげるから、いいですね」

おせいは優しく言い、松吉の手を取った。

柔らかくて、ぷっくりした手をしていた。

おせいは、くりくりとした黒目がちの賢そうな目を見ているうちに、ひとりでに涙があふれてきた。

「おばさん……」

松吉は、びっくりしたような、そして困ったような顔で呼んだ。

「ごめんよ、ついね。おばさんにも昔、松吉ちゃんのような子供がいたの」

「おいらのような……」

松吉は、つぶらな瞳で聞いてくる。

「ええ、そうよ。だからつい……ごめんね」

おせいは笑った。

そうとしか言いようがなかった。しかし、自分が生きていて良かったと、この時初めて思った。

しじみやあさりを買ってやるおばさんとして、この子の手助けが出来るのではないか、そう思ったのである。暮らしに張り合いが出来たところだった。

「そんな時にまた、あの男たちがこの江戸に舞い戻ったんですよ、旦那……」

おせいはそう言った時、底無し沼に沈んで行くような顔をした。

「ふむ」

弦一郎はそこで、葉山村での一件を話し、八州廻りをはじめ、町方も、そして被害にあった内藤家も、徳十捕縛に必死なのだという事を告げた。

「そなたが協力してくれれば、きっと捕縛できる。わかってくれるな」

弦一郎が念を押すと、おせいはしっかりと頷いて、

「猿丸は徳十の使いでやって来たのです。上方に逃げたいが金が足りない。この店を売って一緒に上方に行こうって……」

「そうか、そうだったのか」

「いうことを聞かなかったら、あの子を、松吉ちゃんを殺すというんです」

「何……」

「何を私が大切にしているか、お見通しなんですよ」

「で、その日はいつだと？」

「前日に知らせるから、すぐに店を売っておけと……」

「……」

「店なんてどうでもいいんです、私。でも、もう松吉ちゃんの顔がみられないと思うと……あの子を助けてやることも出来ないと思うと、よくしていただいた旦那さまに申しわけなくて」

おせいは、顔を覆って泣いた。

「仔細はわかった。おせい、俺のいう通りにしてくれ」

弦一郎が提案したのが、店を売って相手の誘いに乗ることだったのである。

「旦那、奴ですぜ。やっぱり姿を現しやしたね」

あの猿丸が、『本日閉店』の張り紙を確かめて、店の中に入るのが見えたのである。

「いよいよだ。鬼政」

「へい。じゃあっしは万端整えまして」

鬼政は、小間物屋の階段を下りて行った。

「あさり――、しじみ――よぉい。あさり――むきみよぉい」

一方から松吉の声が聞こえて来た。

はっとして、おせいの店に目をやると、猿丸が出て行くところだった。

間一髪、松吉は猿丸が去った後の軒下に立った。

「おばさん、松吉です」

「松吉ちゃん」

おせいが走りでて来た。

「おばさん、お店をやめるのかい」

松吉が張り紙を見て言っている。

「字が読める、漢字が読めるのね」

おせいは嬉しそうな声を上げ、松吉の手をとって言った。

「一度はお店を閉めるけど、近いうちにまたこの辺りにお店を出すわ、約束する。それまで松吉ちゃん……」

おせいの声は震えていた。だがおせいは涙は見せなかった。

松吉の手に、ありったけの金を握らせると、背中を押しやるようにして帰したのである。

「おせい」

弦一郎が近づいて呼んだ。

「旦那……」

　おせいの顔には、固い決意が表れていた。

「明日の七ツ半（午前五時頃）、万年橋で落ち合います」

　おせいは、弦一郎にきっぱりと言った。

・

　おせいが、万年橋の上に佇《たたず》んで四半刻《しはんとき》は経った。

　手甲に脚半、用心の杖と笠、懐には店を処分した金三十両が入っている。

　そして帯の後ろには、客から手に入れた匕首《あいくち》が差し込んである。いざという時には、身を挺《てい》してでも闘うつもりだった。

　――あんな男は、生きてちゃだめなんだ。

　心底そう思っていた。

　恩ある仕合わせな家庭を根こそぎ奪っていった男である。そして、おせいの人生もまた狂わせてしまった男であった。

　殺しても殺し足りない思いがおせいにはあった。

　――ただ、生きて、松吉ぼっちゃんの幸せを見届けたい。

　今日のこの日に、おせいは賭けていた。

まだ薄闇で判然とはしないが、この万年橋の袂に弦一郎が待機してくれている筈である。

おせいは、大きく深呼吸して、耳を澄ませた。

どこかで「ちゅ、ちゅ、ちゅ」と鳥の声が聞こえてくる。

――まもなく夜が明ける。

おせいが、東の空を仰いだ時、橋に足音がした。

はっとして振り向くと、白い霧の中を徳十と猿丸が北側から渡ってくるのが見えた。

おせいは橋の真ん中に立って迎えた。

「よう」

徳十は、親しげに手を上げたが、

「金は持ってきたろうな」

手を差し出した。

「店は三十両だったそうだな、猿丸が調べてある。びた一文でも不足があれば、おめえ、ただではすまねえぜ」

言いながら、その重みを確かめた。

「行こう。ぐずぐずしてはいられねえ」

徳十が顎をしゃくって促した。

「あたしはいかないよ」

おせいは、低い声で怒鳴った。同時におせいは、後ろの帯に手を差し入れて匕首をつかんでいた。

「なんだと、もういっぺん言ってみな」

「もう嫌なんですよ。あんたのような悪党と一緒にいるのは」

おせいは匕首を引き抜いた。

「仕方がねえ、そういう事なら命を貰うぜ。おめえに、おいそれと訴えられちゃあ、こっちが困る」

言うか早いか、徳十はおせいに飛びかかっていた。

だがその腕が、何者かに掴まれて、次の瞬間、徳十の腕は不気味な音を立てて力を失っていた。

「いてててて」

徳十は腕を抱えて蹲った。

微かに差してきた光の中に、弦一郎が立っていた。

「徳十、お前ももう終わりだ」

「ちくしょう」

猿丸が弦一郎めがけて飛びかかって来た。

その手元が微かに光った。猿丸は匕首を握っていた。

「往生際が悪いぞ」

弦一郎はひらりと躱すと、その手元に鉄扇を打ちつけていた。

「ご用だ。北町の者である」

橋の両端から、湧いて来るように人影がずらりと並んだ。

鬼政ひきいる北町奉行所の捕り方だった。

「旦那……」

おせいが走り寄った。

「おせい、これで全て終わった。やりなおすのだ」

「ありがとうございます。これで松吉ちゃんの力になってあげられます。私の心に巣くっていた罪も、それで少しは……」

おせいは、深々と頭を下げた。

「じゃ、あっしはこれで」

鬼政たちが縛り上げた徳十と猿丸を引っ立てて去り、おせいも去った時、万年橋の上は朝の光を受けた霧が輝いていた。

瞬く間に霧は晴れる。

――終わったな……。

弦一郎が引き上げようとしたその時、晴れていく霧の中に、おふゆの姿を見た。

おふゆは、かすかに笑みを湛えていた。

まばたきひとつ弦一郎がすると、おふゆは消えた。

幻影だったのだ。

――おふゆ……。

だが幻影でもおふゆの笑みを見た。

弦一郎はほんの少し、救われたような心地になっていた。


「いやはや、たいへんなお仕事だったようでございますね、片桐様……」

翌早朝、弦一郎は深い眠りから叩き起こされて、口入れ屋の金之助を迎えていた。

「本当に、弦一郎様でなくては出来ないお仕事だったと、直接お礼を申し上げたいと金之助さんもおっしゃるものですからね」

おゆきが嬉しそうに茶を淹れながら言う。

「いや、出来るだけのことをしたまでです」

弦一郎は恐縮してみせる。

「とんでもございませんよ。内藤様の借金返済の目処をおたてになって、知行地にまで参られた。そればかりではございません。お奉行所が手をこまねいていた悪党までとらえたということではありませんか。私もうれしくて」

金之助は、懐紙に包んだものを弦一郎の膝前にすべらせてきた。

「内藤様からのお手当です。三両入っております」

「うむ」

弦一郎は引き寄せて、金を確認すると懐にしまった。

「それでですね。もう少しお出ししたいということでしたが、借金もございますので、しばらくお待ち下さいとのことでした」

「わかった」

弦一郎には、もっと欲しいとはいえぬ。

あまりに悲惨な家計の状況を見てきたところである。頼まれて無事仕事を終えただけで、正直ほっとしているのであった。

「金之助、要件はそれだけか」

弦一郎は大きなあくびをした。

「いえ、ひとつお仕事がございますが」

「何……」

「おきんという婆さんをご存じでしょうか」

「ふむ」

知ってるどころではない。何を言うのかと金之助を見返すと、

「おきんさんが、用心棒をお願いしたいと」

「いや、待て待て、有り難いが、俺はあの婆さんが苦手でな」

弦一郎は慌ててその先を遮った。

だがその時、表の戸ががらりと開いた。

「おきん婆……」

「旦那、水臭いじゃないか。皆聞こえていましたからね」

「ちょっと待て、暫時待て」

弦一郎は土間に飛び下りると、慌てて草履をひっかけて表に出た。

「弦一郎様」

おゆきの呼び止める声がした。

懐には三両ある。
あんな婆さんにつかまったら……。
——くわばらくわばら。
弦一郎は、後も見ずに木戸に向かって走っていた。

あとがき

時代小説を書く上で、私はどうやら無意識のうちに、三つのことを表現しようとしている事に気がつきました。

一つは人の心。これはどう時代が変わろうと不変だからです。例えば人を恋しいと想う心、憎む心、羨む心、喜び、悲しみ、怒り……人は暮らしの中でこのような様々な思いを嚙み締めています。また、嫁姑の仲で、あるいは夫婦男女の仲で、親子兄弟の仲で、そして社会や他人との関わりの中で生まれて来る感情もしかりです。

ほんの些細な心遣いが相手も自分も幸せにしてくれることだってあるし、ほんの些細な感情の行き違いが、大変な事件に発展することだってあります。誰にでもあるそういった心の変遷を、あふれる感情を、手探りですが、表現出来ればと思っています。

二つ目はこの世の自然の美しさです。生あるものへの愛しさです。

これは私の生まれが山深い四国の山地で、長年暮してきたのが京都であり、琵琶湖の近くにも住んでいたということからきているものと思われます。木々の緑の美しさ、四季の花、鳥の声、虫の声、土の香りがずっと身近にあり、それらを五感で感じることの素晴らしさを体験してきた者として、読者の皆様にもお伝えできたらと思うのです。史料や資料を見る限り、江戸は本当にすばらしく美しい景観の中にあったと思います。それをいま拙い文章ですが、体験していただけたらと思っています。

三つ目は時代背景です。これをないがしろにしては、そこで生きる登場人物もストーリーも、全くの絵空事になってしまいます。小説は所詮〝つくりもの〟ですから、事実ばかりを追い求める必要はなく、またそんなものだけを書き連ねる事と小説の面白さは全く別だと思います。だけども、つくり物の話の中にも、出来るだけその時代の〝姿〟というものがなければならないと思っています。

それは物の値段や食べ物や、着物の柄や持ち物など多岐にわたります。時代小説を読んで下さる方が、まさにその場所に立ち、歩き、様々な登場人物になって、小説の世界を体験していただければ嬉しい、そんな思いで書いています。

悲しいのは、そうは思っても不勉強で筆がついていかないのが現状で、私の本を読んで下さる方には申し訳なく思っています。

さて、今度のこの新しいシリーズ『渡り用人片桐弦一郎控』について少し述べますと、江戸時代にもさまざまなトラブル解決屋がおりました。用心棒はよく知られたところですが、蔵元師とか仕事師とか呼ばれたような人たちです。

世間の敬意を受けることはなかったものの、いわば時代の落とし子として、時代の波の合間を闊達に泳ぎ回った、そんな人たちの代表として『渡り用人』という一風変わった人物に光を当ててみました。

幕末に近づけば近づく程、武家の家計は苦しくなります。収入はさしてかわりがないのに物価は上がる。暮らしが贅沢になり支出が増える。結局使用人を減らしたりして対応する訳ですが、武家は体面も保たねばならず、家を仕切ってくれる用人が必要です。

ところがこの用人が、きちんと雇えなくなった武家がある。そこに臨時に雇われて行くのが『渡り用人』なのですが、この用人の目を通して、武家社会の、あるいは農村の、あるいは市井の暮らしが覗ければいいなと考えました。

さまざまな人間模様、渡り用人弦一郎を通じて楽しんでいただければ嬉しく思います。

藤原緋沙子

光文社文庫

文庫書下ろし／連作時代小説
白《しろ》い 霧《きり》 渡《わた》り用人《ようにん》 片桐弦一郎控《かたぎりげんいちろうひかえ》
著 者 藤《ふじ》原《わら》緋《ひ》沙《さ》子《こ》

2006年8月20日 初版1刷発行
2024年10月30日 9刷発行

発行者 三 宅 貴 久
印 刷 大 日 本 印 刷
製 本 大 日 本 印 刷

発行所 株式会社 光 文 社
〒112-8011 東京都文京区音羽1-16-6
電話 (03)5395-8149 編 集 部
8116 書籍販売部
8125 制 作 部

ISBN978-4-334-74113-6 Printed in Japan

光文社時代小説文庫　好評既刊

月の牙　決定版　和久田正明
風の牙　決定版　和久田正明
火の牙　決定版　和久田正明
夜の牙　決定版　和久田正明
鬼の牙　決定版　和久田正明
炎の牙　決定版　和久田正明
氷の牙　決定版　和久田正明
紅の牙　決定版　和久田正明
妖の牙　決定版　和久田正明
海の牙　決定版　和久田正明
魔性の牙　決定版　和久田正明
狼の牙　和久田正明
夜来る鬼　決定版　和久田正明
桜子姫　決定版　和久田正明
黄泉知らず　決定版　和久田正明
月を抱く女　決定版　和久田正明
緋の孔雀　決定版　和久田正明

恋小袖　決定版　和久田正明

佐伯泰英の大ベストセラー!

吉原裏同心シリーズ

廓の用心棒・神守幹次郎の秘剣が鞘走る!

(一)流離 「逃亡」改題
(二)足抜《あしぬき》
(三)見番《けんばん》
(四)清搔《すががき》
(五)初花
(六)遣手《やりて》
(七)枕絵《まくらえ》
(八)炎上

(九)仮宅《かりたく》
(十)沽券《こけん》
(十一)異館《いかん》
(十二)再建
(十三)布石
(十四)決着
(十五)愛憎
(十六)仇討《あだうち》

(十七)夜桜
(十八)無宿
(十九)未決
(二十)髪結
(二十一)遺文
(二十二)夢幻
(二十三)狐舞《きつねまい》
(二十四)始末

佐伯泰英「吉原裏同心」読本
光文社文庫編集部編

光文社文庫